Giorgio Panariello

NON TI LASCERÒ MAI SOLO

MONDADORI

Dello stesso autore
nella Collezione Biblioteca Umoristica Mondadori

Panariello chi?

www.librimondadori.it

«Non ti lascerò mai solo»
di Giorgio Panariello

ISBN 978-88-04-52480-9

I edizione settembre 2008

Indice

Non ti lascerò mai solo

Non dobbiamo guadagnarci la sua fiducia o la sua amicizia: è nato per essere nostro amico; quando i suoi occhi sono ancora chiusi, lui già crede in noi; prima ancora di nascere, ha già dato se stesso all'uomo.

da *Il mio cane* di MAURICE MAETERLINCK,
Premio Nobel per la Letteratura 1911

Partenze e arrivi

Il pensiero di Poldo lo colse mentre era in palestra alle prese con gli addominali. La solita serie di obliqui capace di toglierli puntualmente il fiato. A quarantadue anni compiuti Francesco cercava di tenersi in forma meglio che poteva, con una disciplina fatta di allenamenti, vasche in piscina e un'alimentazione corretta. Bello non era mai stato, ma con le donne ci sapeva fare, eccome. E la palestra, i solarium, gli abiti eleganti o casual-chic mai fuori moda gli davano una gran mano. Ma ad aumentare il suo fascino contribuivano in particolar modo le sue macchine sportive, di preferenza tedesche, che lui cambiava come fossero calzini. Fin da ragazzo, Francesco era stato abituato dai genitori a pretendere il meglio: la scuola privata, gli amici benestanti, la ragazza più bella, le vacanze a Forte dei Marmi d'estate e a Cortina d'inverno. "Se puoi avere il meglio prenditelo" gli piaceva ripetere agli amici. Anche la scelta della palestra andava in quel senso, un centro sportivo inaugurato da poco a Firenze dove i clienti potevano tenersi impegnati fra una sala attrezzi all'avanguardia e una piscina semiolimpionica a otto corsie. Proprio sul finire dell'allenamento, mentre pensava al venerdì sera che gli si apriva davanti, Francesco si ricordò del cane che aveva lasciato solo a casa fin da quella mattina. Non era tanto preoccupato per la solitudine della bestiola, quanto piuttosto degli eventuali danni che l'animale avrebbe potuto provocare nel suo bell'appartamento da scapolo. Cinque vani ben arredati al terzo piano di un'elegante palazzina di fine Ottocento, in una strada centrale ma non troppo trafficata della città, con vicini non invadenti a parte un paio di eccezioni. A dire il vero Poldo non era un cane da scoraggiarsi alle prime difficoltà e, quando la mattina Francesco era uscito di casa e l'aveva lasciato solo, aveva comunque deciso di godersi la libertà a modo suo. Di colore marrone chiaro, sui trenta chili di peso, era un curioso incrocio tra un pastore tedesco e un labrador, con una toppa marrone scuro sull'occhio destro, una bocca così grande che sembrava sorridere, zampe robuste e una lunga coda pelosa. No, non era decisamente un cane di razza. Le caratteristiche principali di quel mucchio di pelo di circa un anno erano l'estrema vitalità, una curiosità assoluta verso tutto ciò che era colorato e soprattutto saporito, e la goffaggine, oltre alla vocazione a stare sempre tra i piedi delle persone fino a farsi maledire di cuore. Quella mattina per esempio, vedendo Francesco alzarsi dal letto, Poldo aveva cercato in tutti i modi di dimostrargli la sua voglia di uscire, sparpagliando per tutta la casa i vestiti che la sera prima l'uomo aveva appoggiato sul divanetto del guardaroba. Probabilmente era anche un modo per dirgli la sua in fatto di abbigliamento, cosa che però Francesco non aveva particolarmente apprezzato. E, ancora, lo aveva seguito in cucina per la colazione, attirato dalla ciotola di latte con i cereali che l'altro aveva appoggiato sul tavolo da pranzo mentre si faceva il caffè. Rovesciandola sul pavimento con tutto il suo contenuto e infilando tutte e quattro le zampe nella pozza di latte l'aveva guardato fiero negli occhi come a dire: "Giochiamo?". E pensare che era stato proprio lui a permettere che quel cane entrasse nella sua vita, e la scelta del nome era stata l'unica condizione che un paio di mesi prima aveva posto a Mia, la sua compagna, rientrata a casa con quel batuffolo in braccio. Di fronte alle reazioni di lui, stupore prima, poi ostilità e infine indifferenza, Mia non aveva voluto sentire ragioni.

«Voglio tenerlo, ti prego Francesco. Guardalo, non è adorabile?» gli aveva detto con il suo italiano striato da un forte accento americano che tradiva le sue origini.

«È solo un cane, e neanche dei più belli» le aveva risposto brusco, sperando che l'entusiasmo di lei si smorzasse. Ma Mia non era disposta a farsi scoraggiare per così poco. «Ho sempre desiderato avere un cane, come quando ero piccola e abitavo in campagna» aveva insistito e, alla risposta di Francesco: «Non abitiamo in campagna, quel cane sarebbe solo una seccatura in più», gli aveva promesso che se ne sarebbe occupata personalmente liberandolo da ogni impiccio. «Penserò a tutto io, nemmeno ti accorgerai di lui!» aveva promesso. «Possiamo tenerlo?»

Di fronte a tanta insistenza lui cedette, barricandosi di fronte all'unica condizione del nome. Non perché ci tenesse particolarmente, ma per far capire alla donna chi comandasse in quella casa.

«Se sei davvero convinta... tienilo pure, ma io non ho nessuna intenzione di occuparmene, non voglio seccature con quella bestia. E voglio scegliere io il nome.»

E così Poldo era diventato ufficialmente il terzo coinquilino di quella casa, pronto a far valere le sue ragioni di cucciolo esuberante. Scarpe, vestiti, cuscini e tutto ciò che trovava all'altezza giusta finiva invariabilmente per terra, come cuccia di fortuna o balocco da rosicchiare per bene. L'appartamento da scapolo di Francesco in pochi giorni era diventato il parco giochi del cane, che lo percorreva instancabilmente con la sua andatura caracollante, muso a terra a fiutare ogni traccia odorosa e coda scodinzolante che oscillava pericolosamente tra i tavolini bassi e i ripiani della libreria. La sua stanza preferita era il bagno, e non potendo per il momento raggiungere la vasca che gli avrebbe permesso di dar sfogo alla sua attività preferita, il nuoto, Poldo si accontentava volentieri della doccia. Chiaramente non riusciva ad aprire il miscelatore dell'acqua, ma quando Francesco o Mia erano sotto gli spruzzi si piantava di fronte alla superficie vetrata e spingendola con tutto il peso riusciva a entrare in cabina per godersi anche lui la sua parte di getto. Incurante delle grida di rimprovero. «Almeno è un cane amante della pulizia» diceva lei sorridendo divertita, mentre Francesco non gli risparmiava urla e pedate.

Finita la serie di addominali Francesco scese dalla panca dirigendosi verso gli spogliatoi.

Ormai il pensiero di Poldo si era fatto insistente e fu sollevato quando il cellulare squillò, e sul display apparve il nome di Mia.

«Ciao, sei a casa?»

«Lo sai che a quest'ora sono in palestra, ho appena finito l'allenamento. Dove sei?»

«Sono a Milano a casa di Mary, te l'avevo detto.»

«Mi avevi anche detto che saresti tornata a casa per il fine settimana, se non sbaglio.»

«Può darsi che resti ancora qualche giorno, mi fa piacere stare un po' con le mie vecchie amiche. Dov'è Poldo?»

«Dove vuoi che sia? A casa, no? Chissà che casino avrà combinato.»

«State facendo amicizia?»

«Sì guarda, ieri abbiamo preso un caffè insieme e mi ha detto che si è innamorato della barboncina del palazzo di fronte. Smettila di fare delle domande stupide, mica è un bambino. E torna in fretta, avevi detto che te ne saresti occupata tu.»
Tre giorni prima Mia se ne era uscita con la storia di andare qualche giorno a Milano a trovare la sua amica Mary, con cui abitava a Firenze prima di trasferirsi a casa sua. Di fronte alle domande di lui sul motivo del viaggio era stata evasiva, assicurandogli che sarebbe rientrata prima del week-end, cosa che evidentemente non aveva intenzione di fare.

«È proprio come un bambino, invece, devi cercare di stargli vicino, fargli le coccole, educarlo.»

«Io non ho nessuna voglia di passare il mio tempo a fare le coccole a un cane che nemmeno volevo» disse Francesco, togliendo ogni poesia al discorso di Mia.

«È solo questione di giorni... Se hai bisogno di qualcosa chiedi pure a Claudia, le ho detto che sarei stata via per un po' e non ha problemi a portarlo fuori insieme a Thelma. L'hai portato al parco?»

Claudia abitava al piano di sotto insieme a Thelma, un pit bull femmina bianco tanto ingombrante quanto tenera e coccolona, che viveva con lei da oltre otto anni. Nei pochi momenti passati con Thelma, incrociandola davanti al portone del palazzo o al parco, Poldo l'aveva adorata subito, spingendole il naso su ogni centimetro di pelo dalla coda alle orecchie, cercando di smuovere con la sua esuberanza di cucciolo la calma placida dell'occasionale compagna, inutilmente tenuto a freno dal guinzaglio e dal braccio di Mia. Se con Francesco Claudia non aveva legato molto nei due anni passati da quando si era trasferita nell'appartamento al secondo piano, erano bastati pochi mesi per allacciare un buon rapporto con Mia, grazie soprattutto alla comune passione per gli animali.

«Non ho avuto tempo di portarlo fuori e la terrazza è sufficiente, anche se gli piace di più distruggere il soggiorno.»

«Francesco, ti prego, anche lui come noi ha bisogno di un po' di libertà. Non può stare tutto il giorno in casa.»

«Possibile che l'unica cosa che mi chiedi è come sta il cane? Manchi da casa da tre giorni e non mi chiedi come sto, non mi dai spiegazioni. Che succede?»

«Ma negli ultimi mesi hai vissuto con me o con un'altra? Lo sai cosa succede Francesco. Voglio riordinare un po' le idee.»

«La classica pausa di riflessione insomma.»

«Chiamala come vuoi. Lo sto facendo per noi. Lo sai quanto ci tengo al nostro rapporto. Adesso devo chiudere, ricordati di prendere un appuntamento all'Arca di Noè per il lavaggio. E saluta Poldo da parte mia.»

«Mandagli un SMS» le disse Francesco prima di riagganciare.

Infuriato per la conversazione si buttò sotto i getti della doccia. Mia si stava allontanando sempre più da lui, e l'arrivo del cane aveva solo accelerato la situazione, mettendo in evidenza ancora di più i loro punti di vista. Diversi quando non proprio opposti. Avrebbe dovuto capirlo nel momento in cui si erano conosciuti, davanti a una scrivania nell'ufficio di rappresentanze di Mario, che forniva contatti su merci e fornitori alla ditta di Francesco. Lei gli era piaciuta fin dall'inizio, con il suo viso affilato e i capelli lunghi e sottili, biondi. Pochissimi gioielli, ma tutti di buon gusto, e un abbigliamento che non mortificava la sua femminilità, con una camicetta bianca sbottonata e un tailleur di buon taglio. Lo avevano colpito soprattutto gli occhi di Mia. Profondi e verdi, sormontati da lunghe ciglia. Aveva cercato di conquistarla fin da subito, ma lei sembrava più che altro concentrata sul lavoro da svolgere. Prezzi, quantità, consegne e scadenze contro gli sguardi, gli ammiccamenti e le proposte di lui. Quella donna sembrava refrattaria ad approfondire la sua conoscenza. Cena, dopo cena, pranzi di lavoro, solo alla proposta di un cinema – l'ultimo film di Woody Allen – lei aveva capitolato, acconsentendo anche a un'altra uscita la sera successiva. Di lì a due mesi la frequentazione era diventata una storia, e nel giro di sei mesi Mia si era trasferita a casa di lui, visto che l'amica con la quale divideva l'appartamento si trasferiva a Milano e Francesco aveva insistito perché andasse a vivere da lui. Il fatto aveva stupito tutti i suoi amici, abituati a vederlo come l'eterno single refrattario a convivenze e matrimoni, e i suoi stessi familiari, specie la madre, che lo considerava ancora il suo bambino e aveva da poco digerito il fatto che il figlio vivesse da solo. Ma la convivenza non aveva cambiato in nulla Francesco, che aveva mantenuto quasi inalterato il suo ménage quotidiano da scapolo. Compresa anche qualche distrazione femminile. E approfittando dell'assenza di Mia adesso era pronto a gettarsi nella mischia. Ma prima si fermò all'Arca di Noè, un negozio di toilette per animali vicino a casa. Il proprietario era Spartaco, un vecchio compagno delle medie che diversamente dal resto della classe non aveva scelto una carriera da avvocato, imprenditore o medico e, seguendo la sua vecchia passione per gli animali, aveva aperto quell'attività rivolta a CANI, GATTI & CO..., come era scritto su un cartello appeso accanto all'ingresso. Il negozio era ben conosciuto nel quartiere, e aveva ormai una clientela fissa che vi si recava regolarmente perché Spartaco provvedesse alla toilette non solo di cani e gatti, ma pure di conigli e furetti, addirittura scimmiette e caprette. Lui non si tirava mai indietro, e per quanto fosse bizzarro l'animale che di volta in volta arrivava in negozio, se poteva essere lavato lui lo lavava. In attesa di clienti quel pomeriggio Spartaco si trovava davanti al negozio a chiacchierare con un paio di tizi che anche Francesco conosceva.

«Oh Francesco, come ti va?» gli gridò appena lo vide da lontano. Spartaco era un tipo molto loquace e di compagnia, e il suo negozio era quasi una sorta di circolo davanti al quale si fermavano in tanti a scambiare due chiacchiere.

«Bene, grazie Spartaco, e te che combini qui fuori? Non si lavora oggi?»

«Non c'ho appuntamenti per ora. A proposito, Poldo quando me lo porti? Mi aveva detto la Mia che voleva fargli i' bagno.»

«Infatti son venuto a fissare. Domani ti va bene?»

«Sono strapieno, ma verso le undici e mezzo ho un posto libero. Si vede che si avvicina il fine settimana e gli animali li voglion tutti lustri.» In quel momento Spartaco si girò verso una signora che passava sull'altro lato della strada: «Oh signora Parigi, che gliel'ho tosata bene stavolta???» le gridò. La poveretta, in preda all'imbarazzo, annuì velocemente procedendo per la sua strada a capo chino, mentre il gruppetto di amici si sbellicava dalle risate.

«Gli ho fatto un taglio proprio bello alla barboncina della signora Parigi, l'è pronta per sfilare.»

«Certo che come sai mettere in imbarazzo tu non ci riesce proprio nessuno, eh?» gli disse Francesco divertito.

«A proposito di imbarazzo, ragazzi, sapete dove mi è venuto l'attacco domenica scorsa?» A parlare era stato Giovanni, detto Millefoglie, che frequentava regolarmente il negozio di Spartaco non perché avesse un animale da affidare alle sue cure ma per raccontare ogni volta al gruppetto di amici la serie pressoché infinita di situazioni nelle quali la sua colite si manifestava, costringendolo a imbarazzanti fughe alla ricerca del primo luogo disponibile per accovacciarsi sulle gambe, coi pantaloni abbassati, e dare libero sfogo all'attacco.

«Al circuito del Mugello per il Gran Premio?» gli chiese Francesco.

«Peggio... peggio.»

«Al lago di Bilancino?» azzardò Spartaco.

«Sì, magari...»

«In cima alla torre di Pisa?» azzardò un altro.

«No, peggio. A Viareggio.»

«Vabbe', ma è pieno di bar...»

«Non in passeggiata, ero in una strada affollata di un quartiere residenziale. Piena di casette e appartamenti con giardino. Saranno state le otto di sera, stavo camminando con la mi' ragazza ed ecco all'improvviso l'attacco. Oh ragazzi, lo sapete che quando arriva arriva, non aspetta mica. Non sapevo come fare e ho scavalcato un cancello e mi sono infilato in un giardino tra le piante.»

«E lì ti sei sfogato...»

«Sì, ma non mi ero accorto che di fianco a me c'era tutta una famiglia a mangiare in giardino. Oh, per fortuna 'un si sono accorti di nulla, a parte il cane che dopo un po' è arrivato lì dove c'ero io, ma si è allontanato subito...»

«Disgustato dall'odore probabilmente» lo interruppe Spartaco.

«È probabile... comunque son riuscito a non farmi scoprire.»

«E scommetto che anche stavolta eri senza fazzolettini, vero Millefoglie?» gli chiese Francesco.

«Certo, ma per fortuna ero accanto a un cespuglio di oleandro. Che ha delle foglie morbidissime...»

«Ah, ecco, perché sennò gli aghi di pino non sono il massimo, come ti successe quella volta in pineta a Torre del Lago...»

«Esatto! Ma stavolta è filato via tutto liscio, ho scavalcato di nuovo il muro e via come se niente fosse di nuovo mano nella mano con la mi' ragazza!»

«Povera figliola! Via, vi saluto. Spartaco, ci si vede domani con Poldo» disse Francesco, che subito dopo si allontanò dagli amici. Mentre rientrava a casa, riacquistato un po' il buonumore perso dopo la telefonata con Mia, decise che era il momento di pasturare un po', visto che per il fine settimana sarebbe stato single, e prese il cellulare.

«Ciao Giulia, sono Francesco, come stai?»

«Francesco chi?» rispose una voce perplessa.

«Francesco, l'imprenditore amico di Luca, ci siamo conosciuti due settimane fa a casa sua a cena. Ti dissi che mi avevano colpito i tuoi orecchini smisurati, e che se volevi un massaggio ai lobi dell'orecchio ero disponibile.»

«Ah sì, adesso ricordo, come va?» fece lei poco convinta.

«Alla grande davvero. Fino a lunedì non si lavora, palestra finita, e mi stavo chiedendo se ti andava di farmi compagnia a cena.»

«Purtroppo ho già un impegno, ti ringrazio. Ma scusa, ti avevo dato il mio numero di cellulare?»

«Sì, non ti ricordi?» mentì lui, che in realtà l'aveva chiesto a Luca imponendogli il riserbo.

«Non mi pareva francamente.»

«Forse avevi bevuto troppo e non te lo ricordi. Comunque buona serata» tagliò corto lui seccato. Mentre pensava al prossimo numero da chiamare, il suo telefono squillò.

«Dove diavolo sei, è un po' che non ti fai sentire» lo apostrofò una voce maschile.

«Sono in macchina Luca, sto andando a casa.»

«Che fai stasera? Esci con noi o sei impegnato con Mia a fare la coppia perfetta?»

«La coppia scoppia e stasera sono disponibile per la banda. Ci vediamo al bar verso le undici va bene?»

«E vai... una rimpatriata come ai vecchi tempi. Ci sono anche un paio di vecchie conoscenze che ti farà piacere rivedere. E pure una modella, ma quella è proprietà privata. Non cedibile.»

«Ok, a dopo allora.»

Finalmente venerdì

Le zampate alla porta cominciarono fin dall'ingresso di Francesco nel palazzo. Poldo aveva un udito finissimo e riusciva a riconoscere la sua macchina fin dalla strada. Allo sbattere dello sportello aveva drizzato le orecchie perplesso. Quel rumore poteva significare compagnia, cibo, magari un'uscita. Iniziò a uggiolare speranzoso e quando sentì che l'ascensore si fermava al piano e che Francesco stava uscendo sul pianerottolo i suoi mugolii si erano trasformati in un abbaiare frenetico, mentre le zampe grattavano furiosamente sulla porta.

L'uomo entrò in casa scocciato. «Ci mancavi solo te a rompere, oggi non è proprio giornata» disse rivolgendosi al cane, e si diresse verso la camera da letto incurante dei balzi dell'animale che cercava di dimostrargli la gioia per il suo ritorno.

Quando vide sul pavimento del soggiorno il mucchietto di cacca si fermò di colpo cominciando a gridare «Che cavolo hai combinato!» senza per questo raffreddare l'entusiasmo del cane, che finalmente si sentì considerato. Ma Francesco non aveva voglia di giocare, e con una pedata leggera se lo tolse di torno.

«Quando devi fare i tuoi bisogni usa la terrazza!» gli gridò mentre raccoglieva l'oggetto della discussione. E come a spiegarsi meglio aprì la porta finestra del soggiorno indicandogli il terrazzo, mentre Poldo lo guardava perplesso chiedendosi il perché del suo atteggiamento: che lo volesse far uscire da lì? Le sue perplessità incattivirono ancora di più Francesco, che lo prese in malo modo per la collottola e lo scaraventò sul pavimento piastrellato della terrazza facendolo roteare su se stesso.

«Stai lì e non ti muovere» urlò, sorprendendosi di trovarsi a parlare con un cane. Andò in cucina a recuperare la brandina del cucciolo, e tornato di là gettò anche quella sul terrazzo mancandolo per un pelo. Decise di farsi un idromassaggio per prepararsi alla serata e rilassarsi un po' dopo tanti disastri, ma non poté fare a meno di notare le impronte delle sue suole bagnate che affrescavano il parquet del soggiorno e del corridoio fino alla cucina. E davanti al frigorifero notò una bella pozzanghera giallastra dai contorni increspati. «A questo punto manca solo che vomiti» cercò di consolarsi scherzandoci su. Ripulì tutto e finalmente si gettò nella vasca, nel tepore dell'acqua calda e della schiuma. Chiuse gli occhi e cercò di cacciar via le note stonate di quella giornata. Ricordò la prima litigata con Mia a causa del cane, a nemmeno una settimana dall'arrivo del cucciolo.

Quella sera Francesco era rientrato a casa particolarmente soddisfatto dalla giornata. Al lavoro era riuscito a concludere un affare redditizio per l'azienda, e nel pomeriggio la cameriera del bar dove si trovava sempre per l'aperitivo con gli amici gli aveva finalmente dato il numero del suo cellulare. Arrivato nell'appartamento il caloroso saluto di Mia e pure le feste di Poldo gli erano sembrati atti quasi dovuti alle sue doti di grande manager e playboy. Dopo averlo accolto con scodinzolii e leccate Poldo si era buttato per terra a pancia in su, per reclamare la sua dose di coccole. Anche Mia si era gettata a terra con il cane, e Francesco si era sentito un po' escluso dalla complicità tra i due. Quasi suo malgrado aveva deciso di partecipare al gioco mettendosi in ginocchio ai piedi del cucciolo e afferrandogli deciso le zampe posteriori. Un gesto che aveva colto di sorpresa Poldo, intento a leccare il viso di Mia; impaurito per quella presa improvvisa il cane aveva girato il muso verso di lui e aveva morso un po' alla cieca, finendo per prendergli il naso coi denti. Di latte ma sempre affilati, che avevano provocato un taglio leggero sul suo naso. Francesco si era alzato di scatto, e controllato il graffio allo specchio si era arrabbiato con il cane e pure con Mia, che cercava di consolarlo paziente: «È solo un graffio, Poldo non l'ha fatto apposta, si era impaurito sentendosi afferrare le zampe. Ancora non ti conosce bene, non ti vede quasi mai e non siete abituati a giocare insieme, è solo questione di tempo e si abituerà, non c'è da farne un dramma». Ma in seguito alla sfilza di parolacce rivolte al cane e pure a lei si era presa Poldo in braccio ed era uscita di casa, lasciandolo da solo a sbraitare.

«Da quando quel cane è entrato in casa non c'è più stata pace» concluse Francesco sprofondato nella vasca, ma il suo pensiero a occhi aperti fu interrotto dalla visione di un paio di zampe e di un muso giallo sul quale brillavano due occhioni marroni, affacciati sopra il bordo della vasca. Come la maggior parte dei cani Poldo andava pazzo per l'acqua, e visto che Francesco aveva lasciata socchiusa la porta del terrazzo si era diretto in bagno attratto dal rumore dell'idromassaggio. Giusto il tempo di un sospiro e Francesco fu raggiunto da Poldo, che superò goffamente il bordo smaltato tuffandosi a capofitto nell'acqua gorgogliante e atterrando con tutte e quattro le zampe sul corpo del padrone disteso. Francesco balzò in piedi scrollandosi l'animale di dosso, uscì dalla vasca mettendosi l'accappatoio e si chinò per recuperare Poldo, grondante, che sembrava non avere alcuna intenzione di interrompere il bagnetto. Lo appoggiò a terra cercando qualcosa per asciugarlo. In un attimo Poldo guadagnò la porta del bagno, e trotterellò contento in soggiorno, gocciolando dappertutto e dandosi vigorose scrollate che schizzarono copiosamente sulle pareti bianche, sul parquet e pure sui divani in pelle, contro i quali decise di strofinarsi ben bene dal muso alla coda per cercare di asciugarsi. Eliminata tutta l'acqua dai pavimenti, divani e pareti Francesco andò in camera per vestirsi, e ancora una volta fu colto dalla rabbia vedendo che Poldo aveva deciso di usare il suo letto come cuccia. Era gettato con tutto il suo peso e i suoi peli marroni sugli abiti stirati con cura quella mattina da Graziella, la domestica che accudiva amorevolmente la casa e che, come sempre, dopo aver svolto le faccende, stirava e appoggiava sul letto gli indumenti scelti da Francesco per le sue abituali uscite serali. Per quel venerdì erano pronti sul letto una camicia bianca immacolata con il collo alla francese, un paio di pantaloni neri in fresco di lana e una giacca coordinata, tutti impeccabilmente stirati e pronti da indossare prima che trenta chili di cane ci si fossero sdraiati sopra chiazzandoli di peli ancora umidicci e bava. Ancora una volta Francesco lo prese per la collottola e lo trascinò di peso in terrazzo, assicurandosi stavolta di chiudere bene la porta scorrevole. Ormai sottochiave, Poldo era perplesso. Non afferrando il motivo di tanta animosità accettò comunque di buon grado quella limitazione della sua libertà e si gettò a dormire sulla brandina. Il pomeriggio di Francesco era iniziato male e proseguito peggio, e il fatto di dover cambiare i suoi piani sull'abbigliamento era un'altra seccatura, specie per un tipo come lui, preciso e pignolo, poco disposto a cambiare i lavori in corso d'opera. Decise di indossare i jeans e una polo a maniche lunghe, rinunciando alla giacca che per lui era quasi una divisa d'ordinanza. Per un secondo lo sfiorò l'idea di portare fuori il cane, ma considerato che aveva abbondantemente dato sfogo ai suoi bisogni non lo ritenne necessario, nel caso avrebbe usato il terrazzo limitando i danni. Puntuale, alle otto lo raggiunse la telefonata della madre.

«Come sta il mio bambino?»

«Mamma, ciao, mi girano a fuoco. E poi te l'ho detto cento volte di non chiamarmi bambino, sono grandino ormai.»

«Perché così nervoso? È colpa di quella ragazza immagino. È tornata da Milano?»

«No, per adesso non torna.»

«Che vuol dire "per adesso non torna"?»

«Vuol dire che per ora resta a Milano, mi ha chiamato oggi e mi ha detto che non se la sente di tornare. E ha lasciato qui il cane che oggi ha combinato un disastro...»

«Lo sai che non mi piace quella ragazza Francesco, te l'ho detto fin dalla prima volta che l'ho incontrata. È un'americana, e non è abituata al nostro modo di comportarsi.»

«Mamma me l'hai già ripetuto mille volte, non ti ci mettere anche tu adesso!»

«Ma amore mio, con questa qui non hai mai pace! Sai quanto preferivo Ilaria, sempre gentile e abituata a farsi consigliare. Poverina, mi chiama ancora a distanza di anni per sapere come sto.»

«Sì, lo so mamma, ma ormai ci siamo lasciati da un pezzo. Adesso io sto con Mia, o almeno credo, fattene una ragione. Piuttosto posso portarti Poldo per questo fine settimana?»

«Ma come faccio a tenerlo con il babbo in quelle condizioni?»

«Cos'ha il babbo?» chiese Francesco sorpreso, che pur lavorandoci insieme non si era accorto di niente.

«Sai che soffre di cuore, no? E il medico ha detto di evitargli le forti emozioni.»

«Ma mamma, è un cane, mica una locomotiva senza macchinista, che emozioni vuoi che gli provochi. E poi quando Mia l'ha portato a casa il babbo non ha nascosto di desiderare da tempo un cane» tentò di dissuaderla Francesco, che sapeva benissimo di aver torto.

«Non se ne parla nemmeno, sai che detesto lo sporco, e i cani spargono parassiti e germi dappertutto. E poi non voglio trasformare la casa in un campo di battaglia, so come sta riducendo la tua.»

«E come lo sai?»

«Graziella mi racconta che trova cacca e pipì del cane ovunque, e peli, tanti peli.»

Era stata la madre di Francesco a procurare la domestica per il figlio. Chi meglio della fidata Graziella, che da anni accudiva con fedeltà la casa dei genitori di Francesco, poteva occuparsi del suo bambino adorato, informandola puntualmente su tutto ciò che accadeva in casa del figlio? E ciò avveniva regolarmente ogni pomeriggio: quando Graziella terminava il lavoro mattutino da Francesco si recava a svolgere il suo lavoro dalla signora Franca. «A proposito, domenica vieni a pranzo?» disse la madre cambiando discorso.

«Sì, penso di sì.»

«Mia allora non viene?»

«Non credo proprio mamma.»

«Bene. Mi raccomando allora, arriva puntuale. Sai che sugli orari il babbo non transige e all'una vuole mangiare.»

La signora Franca era una donna abbastanza tollerante, ma inflessibile su alcuni punti precisi. Come la puntualità, della quale si vantava e che esigeva anche dagli altri, marito, figlio e le poche amiche che frequentava. Era una regola che le aveva trasmesso il padre, ufficiale dei carabinieri, oltre a una certa attitudine al comando e l'insofferenza a sentirsi contraddetta.

Quando Francesco andava alle elementari era successo solo una volta che avesse invitato un compagno di scuola a casa per fare le lezioni il pomeriggio senza aver avvertito la madre. La signora Franca non aveva detto niente davanti al piccolo ospite, ma rimasta sola col figlio era stata categorica, bisognava avvertire prima, per dar modo alla mamma di pulire il salotto di casa e di preparare per tempo la merenda adatta. Che non succedesse più, si era raccomandata. Così fu, e da allora Francesco si era ben guardato di fare inviti a casa all'ultimo momento, con la conseguenza che spesso trascorreva i pomeriggi a fare i compiti da solo.

«Mamma aspetta, volevo chiederti una cosa.»

«Dimmi.»

Per un attimo pensò di sfogarsi con la madre, raccontandole in dettaglio la telefonata del pomeriggio con Mia, e il casino in cui si trovava con Poldo a casa.

Lei sarebbe stata sicuramente comprensiva, cogliendo al balzo l'opportunità di criticare la ragazza. Ma di fronte ai disastri provocati dall'esuberanza di Poldo sarebbe stato impossibile poi convincerla ad accollarsi il cane, cosa che Francesco aveva in mente di fare quanto prima. Perciò lasciò perdere quell'idea.

«Mammina, mi fai la pasta al ragù?»

«Certo tesoro mio, quello che vuoi. Ti aspettiamo. Stasera che fai?»

«Esco con gli amici. Ciao allora, a domenica.»

Scongelò la cena e mangiò in salotto davanti alla televisione, evitando deliberatamente di guardare verso la porta finestra per non incrociare lo sguardo di Poldo. Finito di mangiare prese dal frigorifero la ciotola del cane già preparata da Graziella quella mattina e la portò in terrazzo, dove Poldo lo aspettava impaziente. Si preparò in fretta, jeans, polo e sneakers, e uscì di casa.

Io, lei e... lui

«Allora, le ragazze sono già dentro. Sono quattro, ce n'è una per ciascuno. La bionda, la modella, è per me. Ci sto lavorando da un pezzo.»

Quando si trattava di donne Luca ci teneva a essere preciso. Alle undici di sera il bar era pieno, e molti clienti stavano a chiacchierare fuori, complice la bella stagione e il largo marciapiede che costeggiava la piazza sulla quale si affacciava il locale. Francesco aveva parcheggiato la sua BMW proprio davanti all'ingresso, fingendo di voler investire gli amici che erano già arrivati e stavano già bevendo mojitos e caipiroske. Raggiunto il gruppetto per i saluti di rito aveva preso sottobraccio Luca dirigendosi all'interno per raggiungere il tavolo delle ragazze, in una stanza dalle pareti e moquette completamente neri, dove l'unico tocco di bianco era un grande camino d'epoca in marmo. Tre di loro, scocciatissime, stavano chiacchierando escludendo dalla conversazione la quarta, la modella invitata da Luca, che avevano conosciuto quella sera stessa.

«Dimmi che non vedi la differenza tra Linda e le altre, sembra il prima e dopo l'incidente. Non è che le altre non siano carine, ma Linda è proprio un'altra storia» aveva detto Luca all'amico prima di sedersi al tavolo con le ragazze.

Francesco si presentò a Linda e salutò con calore le altre tre, che conosceva già, si sedette al tavolo e chiamò la cameriera per ordinare una bottiglia di prosecco, anche se le ragazze stavano già bevendo. Scambiò qualche battuta con loro mentre con lo sguardo perlustrava il locale affollato. Le parole di Luca sulla differenza tra modelle e ragazze normali lo avevano colpito, e adesso non voleva dare all'amico l'impressione di accontentarsi. Che si tenesse la sua modella, lui si sarebbe cercato una ragazza all'altezza.

«Sei silenzioso stasera, Francesco, che hai?» gli chiese la ragazza seduta accanto a lui.

«Niente, niente, una serata un po' così» rispose distratto, senza smettere di guardarsi intorno.

«Chi non muore si rivede!»

Francesco si girò verso quella voce, e sorrise. Era da un paio di mesi che non vedeva Carla, un'amica della sua ex Ilaria che gli era piaciuta da sempre. Mora, con una grande testa di riccioli e occhi azzurri grigi, proprietaria di un sorriso accattivante e di un fisico slanciato ma non privo di forme. Sette anni prima si erano frequentati spesso a coppie, lei col suo ragazzo dell'epoca e lui con Ilaria, ma nonostante l'attrazione che Francesco provava nei suoi confronti Carla non si era mai sbilanciata.

«Come stai Carla? È davvero tanto che non ci vediamo» disse lui, che aveva ben presente il loro ultimo incontro, in un ristorante del centro dove entrambi si erano ritrovati casualmente in pausa pranzo. Quella volta Carla era sembrata contenta di vederlo, e si era informata sul suo nuovo rapporto, quello con Mia. Invano Francesco aveva cercato di farle capire che il fatto che fosse impegnato non avrebbe pregiudicato una loro conoscenza più approfondita. Lei sembrava non sentirci proprio da quell'orecchio.

«Andiamo fuori, qua dentro c'è troppo casino» le disse Francesco.

«Non voglio allontanarti dalla tua compagnia, vedo che non sei solo.»

«Nessun problema, me ne stavo andando» fece lui alzandosi, mentre la ragazza che era seduta al suo fianco lo guardava, incredula. Uscirono fuori e si sedettero con i bicchieri in mano a un tavolino appena liberato da un gruppetto di persone.

«Tutto quel nero mi angoscia, è troppo cupo. Meglio sedersi qui fuori.»

«Conosco l'architetto d'interni che l'ha progettato, secondo lui il nero è essenziale e caldo al tempo stesso. Secondo me è solo freddo e buio» disse lui, che non aveva intenzione di contraddirla.

«Pensavo che uno come te amasse il design dei locali alla moda.»

«In che senso uno come me?» le domandò Francesco, anche se conosceva benissimo la risposta.

«Be'... Il lavoro, la casa, l'auto, tutto quello che fa parte della tua vita sembra uscito da una rivista. Se anche la donna è quella giusta, allora sei proprio l'uomo perfetto!»

«Mah, forse lo era fino a poco tempo fa. Adesso non ne sono sicuro.»

«Cosa vuoi dire? Pensavo che tra te e Mia filasse tutto alla grande.»

«Ultimamente abbiamo un po' di problemi e discutiamo parecchio. La convivenza da questo punto di vista non aiuta. Poi ha voluto prendere un cane, e questo ha fatto precipitare le cose.»

«Un cane? Non ti ci vedo proprio alle prese con un cane, sai a malapena badare a te stesso.»

«No, ti prego non dirmelo anche tu!»

«Dài, sto scherzando... Quando ero piccola avevo un gatto, Gigio, che mi faceva compagnia il pomeriggio mentre facevo i compiti. L'aveva trovato mio nonno in un giardino pubblico e se l'era portato a casa. Gli piaceva accovacciarsi sulle mie ginocchia mentre ero seduta in cucina a studiare. Un giorno è scappato e non l'abbiamo più visto. Chissà se è finito sotto una macchina o semplicemente ha trovato chi lo accudiva meglio.»

«Eh, chissà» rispose Francesco giusto per fingere di essere interessato a quella storia.

«È molto che avete il cane?»

«No, Mia l'ha portato a casa da un paio di mesi, è un bastardo, figlio di un pastore tedesco e di una femmina labrador. La cagna ha partorito sei bastardi e uno se l'è preso lei. Noi...»

«Sei rimasto l'unico a chiamarli bastardi, oggi si dice meticci, tutt'al più bastardini.»

«Meticcio o bastardo il risultato non cambia. Comunque lo chiamo Poldo, non bastardo. Non vorrei che si offendesse.»

«Poldo? Che nome strano per un cane. E adesso Mia è a casa con Poldo?»

«Veramente è a Milano da un'amica.»

«E quando torna?»

«Non credo che torni per adesso. Anzi, credo proprio che tra noi sia finita.»

Lo disse non perché ci credesse davvero, ma solo per rassicurare Carla sul fatto che ormai era un uomo libero. E magari appetibile.

Notò che lei sorrise mentre diceva «Mi dispiace», e fu allora che decise di tentare il tutto per tutto invitandola a casa quella sera stessa.

«I miei amici vanno a una festa brasiliana in discoteca, ma io non sono in vena di samba e capoeira. Ti va di venire con me a casa, magari ci vediamo un film?» le chiese. Inaspettatamente Carla accettò, e lo seguì con la propria auto fino a casa.

«Aspettami qui, voglio farti una sorpresa» le disse Francesco una volta entrati nell'ingresso del palazzo. E salì con l'ascensore al terzo piano. Aperta la porta di casa fu accolto dall'abbaiare di Poldo, che fino a due minuti prima stava russando beato nella tiepida serata primaverile, ma adesso reclamava a gran voce attenzione, e magari pure una meritata uscita.

«Non rompere le palle te!» lo apostrofò Francesco, incurante delle zampate che Poldo assestava alla porta finestra.

Controllò dal vetro che avesse ancora dell'acqua nella ciotola, e si diede a predisporre l'accoglienza per Carla. Ovviamente candele, la musica di *Café Bleu* degli Style Council nel CD, una bottiglia di Crystal che teneva sempre in fresco per ogni evenienza e due coppe da champagne. Dette un'occhiata in camera per vedere che fosse tutto a posto e la fece salire.

«Questa casa è sempre bella, in linea con un uomo come te» disse Carla mentre percorreva il corridoio sul quale si affacciava il grande soggiorno. «Sai come far colpo su una donna, la casa giusta con l'atmosfera perfetta, musica e champagne di marca» aggiunse sedendosi sul divano, mentre Francesco le riempiva il bicchiere.

«Solo su una donna speciale, che sa apprezzare certi particolari» le sussurrò lui facendosi vicino. «È una sensazione che non mi capitava da tempo quella di avere accanto una donna che sembra capire tutto di me, mi fai sentire a mio agio.»

Carla sorrise, quel sorriso che lui conosceva bene e che solo adesso, dopo tante occasioni perdute, sembrava preludere a una conoscenza più diretta, mentre Paul Weller sussurrava "You're the best thing..." dagli altoparlanti Bang & Olufsen dello stereo.

"Adesso è il momento giusto" pensò Francesco, avvicinandosi ancora e guardando fisso un punto immaginario sopra le labbra di Carla. Ma in quell'istante gli occhi di lei furono catturati da un'ombra, una sagoma che si muoveva forsennata sul terrazzo, di là dal vetro. Fece quasi un sussulto, prima di capire che non si trattava di un ladro o di un pazzo, ma solo del cane del quale Francesco parlava prima, la causa della rottura tra lui e Mia.

«Lui deve essere il famoso Poldo!» disse alzandosi di scatto dal divano e dirigendosi verso la porta finestra, al di là della quale il cane ormai era in preda a un'agitazione sfrenata. Con il naso schiacciato contro il vetro, Poldo dimenava senza ritegno tutto il corpo roteando la coda su se stessa e accompagnandola con una frenetica oscillazione del didietro. «Ferma, non aprire!». Le parole di Francesco uscirono quasi come un grido strozzato, per la rabbia di chi si vede bruciare sul traguardo da un imprevisto sopraggiunto all'ultimo secondo. Poldo ormai aveva incominciato a uggiolare smodatamente, le orecchie dritte sulla testa, gli occhi marroni fuori dalle orbite, e la lingua umida a penzolare fuori dalla bocca, come eccitato da quella figura di là dal vetro.

«Perché non posso aprire? Non mi sembra pericoloso, è solo un cagnone che ha voglia di coccole» disse lei mentre faceva scorrere la porta sulla guida. Poldo si tuffò dentro il soggiorno con la sua andatura esuberante, e prima che lei si fosse girata verso Francesco come a dirgli che andava tutto bene le balzò addosso, alzandosi sulle zampe posteriori e appoggiando quelle anteriori a cingerle la vita. Con il muso sull'addome di Carla e gli occhi socchiusi, mentre la donna gli accarezzava il pelo sulla testa, il cane sembrava godersi tutti gli istanti di quella inaspettata manifestazione d'affetto, sentendosi legittimato a persistere nel suo abbraccio.

«È dolcissimo, un vero coccolone.»

«Già, soprattutto tempestivo» aggiunse Francesco a denti stretti. Carla si avvicinò di nuovo al divano, scortata da Poldo che non voleva assolutamente farsi sfuggire l'occasione di essere coccolato. Mia mancava da casa da pochi giorni, e un rimpiazzo per una dose di carezze e baci era più che apprezzato, vista soprattutto la scarsa sensibilità di Francesco. Non appena la ragazza fu seduta il cane le si accoccolò in grembo, leccandole calorosamente le mani che gli accarezzavano il corpo e la testa.

«Gli piace proprio stare in compagnia, perché lo volevi lasciare fuori?» gli chiese Carla, sempre con Poldo in grembo.

«Non voglio che sporchi per casa, è un tantino esuberante» rispose Francesco. La ragazza gli fece mille domande sul cane, quando usciva, con chi, cosa mangiava, e alla fine gli chiese: «Ci guardiamo un film allora?» con un tono conciliatorio che però non lasciava intravedere altre possibilità. E diversamente dalle intenzioni del padrone di casa la serata si concluse così, con Carla e Francesco seduti sul divano mentre sdraiato sui cuscini fra di loro c'era Poldo. Sullo schermo al plasma da cinquanta pollici del soggiorno scorrevano le immagini de *La carica dei 101*.

Un guinzaglio per Poldo

La serata con Carla era stata disastrosa. Finito il film lei era scivolata giù dal divano sempre attaccata a Poldo e se n'era andata facendogli i complimenti per il cane e ringraziandolo per l'invito. Nel frattempo l'unico SMS mandato da Mia non faceva riferimento al loro rapporto né soprattutto al suo ritorno da Milano, ma chiedeva soltanto notizie di Poldo. Quel sabato mattina Francesco affrontò il quadrupede che riteneva diretto responsabile dei suoi guai con sguardo di sfida. Di lì a poco l'avrebbe portato da Spartaco per farglielo lavare, ma visto che era una bella giornata di sole decise di uscire prima un po' a passeggio, anche per evitare che facesse i suoi bisogni nel negozio dell'amico. Poldo non usciva da giovedì, quando la fidata Graziella, mossa a compassione dalla bestiola confinata nell'appartamento, si era presa la libertà di fargli fare un giretto intorno all'isolato. Vedendo Francesco aprirgli la porta del terrazzo il cane si era lanciato con impeto nell'appartamento seguendolo fino alla porta d'ingresso, dove lui stava cercando il guinzaglio. Ma del laccio non c'era traccia, né sul termosifone, dove Mia lo appoggiava abitualmente, a portata di mano per le uscite, né in tutta la casa che Francesco ispezionò velocemente. Si ricordò dell'uscita fatta da Graziella due giorni prima col cane e telefonò alla donna chiedendole dove l'avesse messo.

«Non ha visto il bigliettino che le ho lasciato sul tavolo della cucina?»

«No, non ho visto nessun biglietto» le rispose Francesco.

«Poldo tirava così tanto durante la passeggiata che ha spezzato il guinzaglio. L'ho lasciato sulla lavatrice.»

«E quindi? Che faccio adesso?»

«Bisogna comprarne uno più robusto» rispose lei tranquilla. Il bigliettino sul tavolo era probabilmente finito nel capace stomaco di Poldo, ma nel ripostiglio Francesco individuò subito i due pezzi del robusto laccio in tessuto intrecciato.

«Ecco, vedi? Io la buona volontà ce l'avevo messa, ma a questo punto la passeggiata salta, ed è solo colpa tua» disse al cane, che percependo il tono dell'uomo abbassò le orecchie e la coda, assumendo un'aria delusa.

Francesco allora pensò che poteva portarlo in macchina fino al negozio di animali e lasciarlo nella vettura il tempo sufficiente a procurarsi un guinzaglio nuovo, così il cagnolone non avrebbe combinato ulteriori danni da solo in casa. Il negozio era in una piazzetta non troppo lontana, come Mia aveva diligentemente appuntato sulla lavagna appesa in cucina insieme al numero del veterinario e a quelli d'emergenza. Con uno spago Francesco legò Poldo alla meglio, lo fece salire in macchina senza sforzi e si diresse subito al negozio. Per fortuna trovò posto proprio davanti, e scese velocemente lasciando il cane dentro la vettura. Era la prima volta che entrava in un negozio del genere, che traboccava di scatole e pacchi colorati, tutti raffiguranti il disegno stilizzato o la foto di cani, gatti e uccellini o l'impronta delle loro zampe. Confezioni di croccantini di ogni genere, scatolette di carne, biscotti per ogni necessità, compreso il cane celiaco o diabetico, palline e giocattoli in gomma di tutti i tipi stavano in bella mostra sugli scaffali, insieme a un'intera parete occupata da una rastrelliera piena di guinzagli e museruole. Attese che la vecchia signora arrivata prima di lui con il barboncino dalla tosatura vaporosa scegliesse un cappottino adatto alla bestiola che le stava accanto, e fu finalmente il suo turno.

«Buongiorno, vorrei un guinzaglio» disse deciso al negoziante, con il tono di chi non ha tempo da perdere in dettagli.
«Per un cane o per un gatto?»
«Un cane.»
«Maschio o femmina?»
«Maschio, ma che differenza fa?» disse un po' seccato.
«Era per i colori e i materiali, per i maschi di solito si preferisce l'acciaio o il cuoio, colori sobri come il marrone e il nero. Mentre per le femmine ne abbiamo con applicazioni in strass o cristallo, in varie sfumature di rosa e colori pastello.»
«Ah.»
«Di che colore è il suo?»
«Boh, marrone credo.»
«Marrone chiaro tipo champagne o scuro, o magari pezzato?»
«Direi marrone chiaro, perché?»
«Allora le consiglio un colore nero, o un marrone scuro al limite, eviterei i toni chiari. Che taglia ha?»
«Una cinquanta, ma non capisco cosa c'entro io...»
«Intendevo il cane» disse il negoziante, alzando leggermente gli occhi al cielo.
«Ah, be', è grande, ma deve ancora crescere. Una taglia... media direi.»
«In che senso media? Che razza è?»
«È marrone guardi, non so di preciso la taglia, sembra uno dei cani di quel cartone animato alla TV.»
«Intende un alano come Scooby-Doo o uno come il cane dei Simpson, un levriero, o che altro?»
«Guardi, è un cane normale, di taglia media» tagliò corto Francesco, sorridendo un po' per quello che gli pareva un interrogatorio. Ma l'uomo era inflessibile, deciso a vendergli il guinzaglio migliore che facesse al caso suo.
«Quanti anni ha?»
«Ha pochi mesi, mi pare sei o sette. L'abbiamo preso piccolo e ora è un po' cresciuto.»
«È importante conoscere l'età esatta. Se deve crescere gliene suggerisco uno regolabile, se è già grande va bene uno fisso.»

«Deve crescere ancora purtroppo, meglio regolabile.» Francesco si stava spazientendo di fronte a quella conversazione che riteneva assurda.

«Estensibile del tipo "flexi", a strozzo o fisso?»

«A strozzo? Mica lo voglio strozzare, lo voglio portare a passeggio» disse Francesco, anche se per un attimo l'idea di comprare un guinzaglio che poteva strozzare Poldo gli sorrise.

«Un guinzaglio a strozzo le permette di regolare l'andatura del cane, aumentando la presa intorno al collo nel caso lui si volesse allontanare troppo. Non è che lo strozza veramente» disse il venditore alzando di nuovo gli occhi al cielo.

«Lei quale mi consiglia?» chiese Francesco.

«Uno fisso, di circa ottanta centimetri di lunghezza, di tessuto resistente.»

«Soprattutto resistente, visto che quello che aveva prima l'ha strappato. Ma quello estensibile com'è?»

«Si allunga e si accorcia a suo piacimento, grazie a una molla all'interno azionata col pollice. Di solito si consiglia ai cani di piccola taglia, non è molto indicato per quelli grandi.»

«Mi dia quello estensibile» disse Francesco deciso. Lo gasava l'idea di poter controllare il cane con una semplice pressione del pollice. Il negoziante non batté ciglio e gli consegnò il guinzaglio. Pagati i venticinque euro Francesco uscì dal negozio, sorpreso non poco di trovare un capannello di persone intorno alla macchina.

«Questo cane lo conosco, è Poldo, il cane di Mia» stava dicendo una ragazza con un grosso pit bull bianco al guinzaglio, che Francesco identificò subito come Claudia, la sua vicina. Intanto una signora anziana gridava: «Chiamate i vigili urbani, non si può lasciare un cane in macchina con i vetri chiusi in una giornata così calda» e un ragazzo in jeans tutto tatuato dall'aria minacciosa diceva tra sé e sé: «Lo so io cosa gli farei a certa gente». Per un attimo Francesco pensò di darsi alla fuga senza dare nell'occhio, ma in quel momento la ragazza lo chiamò: «Francesco!».

«Ciao Claudia, ma che state facendo intorno alla macchina, cos'è successo? Ero al negozio a comprare un guinzaglio per Poldo...»

«Lasciandolo chiuso in macchina senza uno spiraglio? Con questo caldo rischia l'asfissia. Ma come cavolo ti salta in mente?» disse la ragazza con tono accusatorio.

«È rimasto in macchina solo dieci minuti, giusto il tempo di comprare il guinzaglio. Ha rotto quello vecchio e ce ne voleva uno nuovo per portarlo fuori» rispose Francesco rivolto a Claudia ma con voce abbastanza alta da farsi sentire da tutto il gruppo che circondava l'auto senza smettere di fare commenti.

E risalì in macchina, dove Poldo intanto lo aspettava scodinzolante ma con dieci centimetri di lingua fuori dalla bocca. Una volta tornato a casa, legò Poldo al guinzaglio nuovo fiammante e scese dalla vettura insieme al cane, diretto verso il grande giardino in fondo alla strada. A quell'ora della tarda mattinata lo spazio verde non era troppo affollato, la maggior parte delle mamme con i piccoli nel passeggino era già tornata a casa per il pranzo. Sulle panchine soleggiate c'era solo qualche giovane coppia a scambiarsi effusioni, mentre lungo i vialetti ghiaiosi era rimasto ancora qualche passante. Appena sceso dalla macchina Poldo si precipitò subito verso il prato correndo come un forsennato, godendo della breve libertà che gli concedeva il guinzaglio che Francesco fece srotolare completamente. Si bloccò all'improvviso con un gemito quando la sottile cordicella si tese al massimo, per tre metri di lunghezza, e si girò guardando il padrone con aria stupefatta. Ma Francesco era deciso a fargli capire chi fosse a comandare, e avvicinandosi al cane riavvolse il guinzaglio, costringendolo a stargli vicino. Aveva il suo bel da fare allungando e ritirando il guinzaglio per controllare l'andatura e la velocità di Poldo, ormai il cane era incontenibile e sferragliava come una locomotiva nel verde, fermandosi giusto per annaffiare con il suo spruzzo giallo qualche cespuglio di suo gradimento o per accovacciarsi sulle zampe posteriori e sporcare la superficie perfetta dell'erba. Chiaramente nei pressi di una giovane mamma, seduta su una panchina insieme a una bambina intenta a leggere un libro.

«I cani non possono entrare nel giardino!» gli disse la bambina, che a occhio e croce avrà avuto dieci anni, con un'aria saccente che irritò Francesco. «C'è scritto su quel cartello verde» continuò lei, sillabando con accuratezza la scritta. «Divieto di ingresso ai cani anche muniti di museruola e guinzaglio.»

Francesco la guardava confuso, posando lo sguardo ora su di lei ora sulla madre, che in silenzio sorrideva compiaciuta per il comportamento della figlia.

«Ehm, non lo sapevo. E comunque stiamo andando via» disse lui, tirando sgarbatamente il guinzaglio per allontanare Poldo, che nel frattempo stava annusando i piedi della bambina.

«E poi la maestra ci ha detto che quando si porta il cane a passeggio bisogna sempre raccogliere la cacca con un sacchetto e una palettina, perché non va bene lasciare in giro i bisogni, qualcuno potrebbe camminarci sopra e sporcarsi tutto» disse ancora la bambina, rivolta stavolta alla madre che continuava ad annuire.

«Ma fatti gli affari tuoi! E pure lei signora...» le disse Francesco mentre si allontanava a grandi passi fuori dal giardino pubblico, imprecando tra sé e sé con gli impiccioni e soprattutto contro Poldo, che tra tutti gli angoli solitari disponibili per fare i suoi bisogni aveva scelto proprio le vicinanze dell'unica panchina occupata.

Puntuale alle undici e mezzo Francesco varcò la soglia del negozio di Spartaco insieme a Poldo. L'amico stava finendo di asciugare un barboncino, e con lui come al solito c'era Millefoglie, che si era fermato in negozio per un saluto.

«Allora ragazzi, come andiamo? E quello cos'è? Sembra una torta a strati, ma come cavolo l'hai tosato?» disse indicando l'animale.

«È all'ultima moda, il taglio a balze è fra i più richiesti. Si vede che di animali non ne capisci molto» gli rispose Spartaco.

«Di animali no, ma di moda sì, mio caro, e lo stesso non si può dire di te, guarda come sei conciato.»

«È la mia divisa da lavoro, nemmeno fosse la prima volta che la vedi.»

«La vedo, la vedo... Piuttosto, ti ho portato Poldo per lavarlo. Ti manca tanto a finire quel coso?»

«Cinque minuti e Carla è pronta.» Intanto Poldo si era avvicinato al tavolo sul quale si trovava la barboncina e l'annusava con curiosità senza provocare reazioni nella bestiola, che si sottoponeva docile all'asciugatura.

«Allora Francesco, che si dice di bello? Dov'è Mia? Di solito lo porta sempre lei qui» gli chiese Millefoglie, che in pratica passava la maggior parte del suo tempo libero da Spartaco, tenendo d'occhio il via vai di gente nel negozio.

«Oggi non poteva e l'ho portato io» tagliò corto lui, e aggiunse: «Te, novità? Con la colite tutto a posto?».

«A posto? Magari...»

«Ieri sera è successo di nuovo...»

«Ma allora l'è un vizio!» gli fece Spartaco continuando ad asciugare la barboncina.

«Il problema è che ieri ero a pranzo dalla suocera, tonno, fagioli e cipolle di Tropea, la mi' passione. E dopo cena io e la Simona abbiamo portato la su' nipote al luna park. Oh, ragazzi, s'era sulla ruota panoramica e al quinto giro ecco l'attacco, sono dovuto scendere di corsa. "Che gli dà noia l'altezza?" mi ha chiesto il giostraio. "No, mi danno noia i fagioli!" gli ho detto io. Sono andato di corsa dietro una macchina sul ciglio della strada a fare quello che dovevo fare.»

«Tutto bene allora?»

«Macché bene, mentre ero lì accovacciato questo cretino è ripartito. Era a pomiciare con la fidanzata coi sedili abbassati e pensavo che dentro non ci fosse nessuno.»

«Sicché ieri sera mezza Firenze t'ha visto il culo!»

«E me l'ha visto bene, perché ero sotto un lampione.»

Di lì a pochi minuti entrarono in negozio due ragazzi, entrambi sulla trentina, capelli corti e abbigliamento casual che però non mancava di eleganza.

«Guardate che meraviglia la vostra Carla! È da concorso!»

disse loro Spartaco orgoglioso indicando la barboncina, che in piedi sul tavolo scodinzolava felice ai padroni.

«Ma è bellissima! Da fotografia!» disse uno dei due avvicinandosi all'animale che vezzosamente si faceva rimirare e sembrava sorridere, mentre anche Poldo, incuriosito, aveva appoggiato le zampe sul tavolo occupato da Carla.

«Hai visto Carla? Hai già trovato un corteggiatore! E come si chiama questo cucciolone?»

«Si chiama Poldo» gli rispose Francesco.

«Ciao Poldo!» gli disse l'uomo, accarezzandolo vigorosamente sulla testa. «Sei proprio simpatico, ma ti devi rassegnare, sei troppo grande per Carla, ti ci vuole una fidanzata della tua taglia!»

«Quando ce l'ha il concorso?» chiese Giovanni ai due ragazzi.

«Domani pomeriggio, e mi sa che stavolta la nostra Carla è da primo premio. Spartaco, l'hai fatta una meraviglia.» Colmi di soddisfazione i due pagarono e uscirono dal negozio, e Spartaco chiamò Poldo: «Forza giovanotto, salta su, hop hop, dài che ora sta a te. Vedrai che quando t'ho rimesso a lucido altro che una barboncina, tu troverai una principessina!».

Domenica è sempre domenica?

Quella domenica mattina il risveglio di Francesco non fu particolarmente dolce, senza la colazione a letto alla quale l'aveva abituato Mia, che prima di svegliarlo si rinfilava tra le coperte con il vassoio sulle ginocchia lasciando che il profumo del caffè gli solleticasse le narici e lo inducesse ad aprire gli occhi sul mondo. Negli ultimi sei mesi era stato il sorriso di Mia ad accoglierlo ogni mattina, e se nei giorni precedenti non aveva fatto troppo caso alla sua mancanza quella prima domenica da solo gli pesò parecchio. E non solo perché avrebbe dovuto aspettare di arrivare al bar per la colazione, visto che sapeva a malapena accendere il fornello della sua ipertecnologica cucina, ma soprattutto perché in assenza della ragazza si sarebbe dovuto occupare ancora una volta della passeggiata di Poldo, e l'idea di trascinarsi l'animale fino al bar e magari pure al parco non gli sorrideva particolarmente. Anche per Poldo quella domenica il risveglio fu triste, sicuramente più di quello delle altre mattine da quando Mia mancava da casa. Nei giorni precedenti gli erano mancate le attenzioni mattutine della ragazza, il suo salutarlo con affetto appena arrivata alla sua brandina piazzata in cucina, abbassandosi sulle ginocchia per grattargli le orecchie e godersi i suoi scodinzolamenti e le leccate, e soprattutto i gesti abituali mentre metteva il caffè sul fuoco e subito dopo apriva la scatola di biscotti per cani, un rumore che Poldo avrebbe riconosciuto anche a chilometri di distanza.

Per Poldo da un po' di giorni non c'erano biscotti né grattate, e soprattutto neanche per lui quella domenica mattina ci sarebbe stata l'abituale colazione consumata insieme ai padroni, quando si avvicinava lentamente al letto dove con Mia e Francesco troneggiava il vassoio colmo di ghiottonerie, e prima con il muso, poi con le zampe anteriori e infine con tutto il suo peso riusciva a conquistarsi la sua porzione di coperte. Sembrava quasi che Poldo ormai non si aspettasse troppo da Francesco. Quando lo vide al di là della porta a vetri gli scodinzolò appena, rimettendosi subito a mordicchiare il suo giocattolo preferito, la sua inseparabile pallina rossa. Francesco fu contento della relativa tranquillità dell'animale, perché quella domenica l'avrebbe portato con sé a pranzo dai genitori, con la speranza che la madre se ne accollasse la custodia. Per Poldo quindi in quella giornata non si trattava semplicemente di limitare la propria esuberanza non tirando troppo il guinzaglio durante la passeggiata o evitando di saltare addosso alle persone per fargli le feste, quanto di diventare almeno per qualche ora il prototipo del cane docile e tranquillo, quello che puoi slegare impunemente davanti a un gatto senza che prenda a inseguirlo con foga, o lasciare indisturbato nei pressi di un tavolo colmo di biscotti o altre prelibatezze senza preoccuparti che ci salga sopra per ingoiare tutto quello che c'è. In poche parole un cane che non esiste in natura, e soprattutto senza peli da lasciare in giro. Un cane insomma che la signora Franca, mamma di Francesco, avrebbe apprezzato fin dalla prima occhiata, dichiarandosi felice di occuparsene fino al ritorno di Mia e liberando il figlio da quell'impiccio. Colmo d'aspettativa Francesco si preparò con cura, scegliendo un abbigliamento che la madre avrebbe sicuramente approvato, un completo formale scuro, portato senza cravatta, e uscì con Poldo al guinzaglio. Il cane trotterellava felice accanto a lui, godendosi gli odori della strada e annusando in pratica ogni centimetro di asfalto, ignaro dei piani dell'uomo. La zona dove abitava Francesco era piuttosto centrale, ma non trovandosi nel cuore di Firenze era relativamente trafficata, e soprattutto abitata da numerosi cani. Purché non sporcassero in giro e fossero sempre al guinzaglio gli abitanti della zona li tolleravano volentieri, e col tempo erano sempre meno frequenti le liti e i rimproveri dei passanti causati da qualche padrone distratto che si dimenticava di ripulire il marciapiede dopo il passaggio del proprio cane, e gli animali potevano entrare anche nei negozi del quartiere. Francesco era chiaramente ignaro di tutto ciò, e nonostante il giorno precedente fosse stato ripreso dalla bambina con la madre al parco per non aver raccolto gli escrementi di Poldo anche quella mattina fece altrettanto lasciando che il cane facesse i propri bisogni senza preoccuparsi di recuperarli. E fu normale per lui legare Poldo a un palo della luce prima di entrare nel bar per la colazione. «Può entrare anche col cane, non è un problema» gli disse attraverso la porta d'ingresso la proprietaria del bar, che aveva notato il suo armeggiare intorno al palo. «Ormai sta fuori, è troppo agitato» le rispose Francesco, senza guardare il cane basito che con lo sguardo triste lo osservava entrare nel locale. Chiese un cappuccino e un cornetto al barista avvicinandosi al bancone, e mentre beveva sentì rivolgersi un saluto. «Ciao Francesco, come stai?»

«Oh ciao Claudia» rispose voltandosi verso la vicina che teneva al guinzaglio Thelma, che la seguiva docile e scodinzolante. Ignorando la grande pit bull bianca e deciso a ignorare pure la sua proprietaria, Francesco continuò la sua colazione, pensando che il suo saluto fosse stato più che sufficiente. Ma la ragazza non era decisa a sottovalutare la presenza di Poldo sul marciapiede all'esterno, legato stretto al lampione. «Perché hai lasciato Poldo fuori?» gli chiese indicando l'animale che nel frattempo guardava con curiosità l'interno del bar, strattonando invano il laccio per liberarsene e raggiungere l'amata compagna di giochi.

«Perché è un cane, e mi hanno insegnato che i cani non entrano nei bar» le rispose sicuro Francesco con disinvoltura.

«Ti hanno insegnato male, perché a meno che non ci sia un cartello che lo vieta esplicitamente è permesso farli entrare. Questo bar Poldo lo conosce bene perché ci fermiamo spesso qui con Mia dopo la passeggiata e nessuno ha mai avuto niente da ridire!» ribatté Claudia.

«L'avevo detto al signore che poteva entrare con il cane, ma lui non ha voluto.» La proprietaria si era sentita chiamata in causa dalle parole di Claudia, ed era intervenuta nella discussione: «A proposito» continuò rivolta adesso a Francesco «come mai oggi non c'è la signorina che lo accompagna sempre?». Detto questo prese un biscotto e lo allungò a Thelma, che se lo rosicchiò tutta contenta.

«Oggi aveva da fare e lui è con me. E comunque non è esattamente affare vostro se voglio tenere il cane fuori. Non credo ci sia niente che mi obblighi a portarmelo dentro per fare colazione» disse Francesco rivolto a entrambe, e pagando in tutta fretta uscì, slegò Poldo e incurante dei suoi strattonamenti per raggiungere Thelma all'interno del bar si allontanò dal locale.

Pranzo in famiglia

«Allora mi raccomando eh! Cerca di non combinare casini che sennò poi vedi! Deve filare tutto liscio.»

Prima di suonare il campanello della casa dei genitori Francesco si stava raccomandando all'ignaro Poldo, proprio come un papà che fa le ultime raccomandazioni al figlio prima di andare a trovare i parenti: non correre, non gridare, non rompere niente, non mangiare troppo veloce e non rispondere male. In questo caso però a spingere l'uomo non c'era quel sentimento che è al tempo stesso di affetto e orgoglio del padre deciso a mostrare le virtù del figlio, ma solo il raggiungimento di uno scopo preciso: liberarsi il prima possibile di quell'inutile ingombro. E soprattutto uno scopo difficilmente raggiungibile senza opportuni stimoli e insegnamenti continui, insomma senza quell'insieme di regole e atteggiamenti che stanno alla base dell'educazione, indispensabile per un cucciolo d'uomo come per uno d'animale. Poldo lo guardava con un'aria a punto interrogativo senza capire il senso delle sue parole, comunque curioso come gli succedeva sempre di fronte a un nuovo territorio tutto da esplorare.

«Guardate che bella sorpresa vi ho portato!» esordì Francesco una volta chiusa la porta alle sue spalle indicando ai genitori il cane che teneva ancora al guinzaglio. Il suo tono era gioviale, quasi euforico, quello di chi è abbastanza sicuro di riuscire nel suo scopo, visto che la signora Franca e il signor Giulio adoravano il loro unico figlio, che avevano cresciuto assecondandone tutti i desideri e i capricci fin da quando era piccolo. Era successo così per una serie quasi infinita di giocattoli, di vacanze, di assenze da scuola, di abiti e di auto velocemente ottenuti e subito dimenticati, e pure per il suo appartamento, pagato interamente dai due, pur consapevoli che avrebbe sancito l'indipendenza e l'allontanamento da casa dell'adorato figlio. Chissà che adesso non valesse lo stesso per un cane, si chiedeva lui, che però sembrava aver dimenticato che soprattutto per la signora Franca esistevano alcuni punti fermi sui quali non transigeva. Fra questi, con la puntualità e il rispetto assoluto per le apparenze, c'era anche un'assoluta incompatibilità con gli animali.

«Perché hai portato il cane? Ti avevo detto che non lo volevo.» Le prime parole pronunciate dalla madre non furono incoraggianti, ma Francesco non si scompose più di tanto.

«Non potevo lasciarlo solo a casa mamma, e poi ho pensato che vi avrebbe fatto piacere conoscerlo. Sono sicuro che gli piacete già, e che andrete d'accordissimo» le rispose Francesco, cercando di tirare in ballo anche il padre, che in effetti si era avvicinato a Poldo accarezzandogli la testa mentre il cane lo annusava scodinzolante.

«Grazie per il pensiero, ma mi era bastata la descrizione che mi aveva fatto Graziella.»

«Mamma, lo sai che Graziella esagera sempre...» Francesco cercava in tutti i modi di salvare la situazione ma sua madre senza nemmeno lasciarlo finire di parlare disse: «E adesso come si fa? Sai che questa casa non è adatta per un cane, e poi i cani sporcano, spargono peli, e curiosano dappertutto».

Intanto, come per darle ragione, Poldo si era avvicinato alla donna, annusando il grembiule che indossava attirato dal tessuto impregnato di odori di cucina. Quella femmina gli piaceva, nonostante il tono della voce non proprio amichevole, e lo dimostrava agitando vigorosamente la coda che fendeva l'aria tutto attorno.

Diversamente dall'appartamento del figlio, rigoroso e quasi minimale, la casa dei genitori di Francesco traboccava letteralmente di mobili e oggetti, ninnoli e soprammobili disseminati su ogni superficie che la signora Franca con l'aiuto della fidata domestica teneva in ordine perfetto, liberi dal minimo granello di polvere e disposti ad arte come nella vetrina di un negozio.

Proprio temendo per l'incolumità dei suoi amati gingilli, che facevano bella mostra fin dall'ingresso di casa, la madre di Francesco, che in fondo era una donna pratica, decise di far spostare il cane in cucina, dove con gli oscillamenti esuberanti della sua coda avrebbe provocato danni minori.

«Dài Poldo, vieni con me, scommetto che troverò qualcosa che ti piace» disse rivolta all'animale, che la seguì con entusiasmo come se avesse capito le sue parole.

«Hai visto com'è obbediente, mamma?» le disse Francesco, un po' rincuorato dall'atteggiamento della donna, che sembrava più tollerante.

In fondo la signora Franca pensava che la presenza del cane per qualche ora fosse preferibile a quella della fidanzata del figlio, che durante i due o tre pranzi domenicali passati insieme non le aveva fatto una buona impressione per il suo carattere e soprattutto per l'atteggiamento di complicità che aveva con il suo Francesco, dal quale si sentiva un po' esclusa.

«Allora Francesco, come va? Perché non hai portato anche Mia a pranzo?» gli chiese intanto il padre, al quale invece la ragazza piaceva, soprattutto perché aveva persuaso il figlio alla convivenza, che il signor Giulio riteneva un passo fondamentale per la formazione di un uomo, nonostante lui avesse sposato la sua Franca dopo appena un anno di fidanzamento e senza nessuna prova di conoscenza preliminare.

«È andata qualche giorno a Milano a trovare le sue amiche, ma torna stasera, al più tardi domani.»

«Per me è assurdo che se ne vada da sola in giro, e che tu non sappia nemmeno quando torna, ma come si fa? Ai miei tempi non sarebbe successo...»

Di ritorno dalla cucina la madre di Francesco approfittò subito della conversazione per dire la sua sulla ragazza.

«Ma dài Franca, magari Mia si sente un po' sola a Firenze, non conosce molta gente e aveva voglia di parlare un po' inglese con le sue vecchie amiche» disse il signor Giulio, accomodante.

«Ma se l'inglese lo parla tutti i giorni al lavoro, che bisogno ha di parlarlo anche a Milano? E poi scusa, che figura fa fare a Francesco, andarsene così per conto suo, chissà che pensano i suoi amici...»

«Penseranno quello che vogliono, problemi loro. Vero Francesco?» fece il signor Giulio rivolto al figlio.

«Sì, in fondo si tratta solo di un fine settimana, dài mamma, non esagerare.»

«Non esagero, non esagero, però voi non vi immaginate quanto è pettegola la gente, come fa presto a trarre conclusioni. Guarda cos'è successo alla figlia della signora del piano di sotto, Barbara.»

«Perché? Che è successo a Barbara?» domandò Francesco sorpreso che sua madre gli parlasse male di una sua amica d'infanzia.

«Si faceva accompagnare a casa da un fidanzato diverso ogni sera, e doveva anche bere parecchio perché quando rientrava non riusciva nemmeno a stare in equilibrio da sola. Be', ormai tutti la considerano una poco di buono, e la sua povera mamma è disperata.»

«Già, ma chi c'era alla finestra ogni volta a controllare con chi rientrava? Dillo un po' a Francesco» aggiunse il padre sorridendo.

«C'ero io, certo, ma come me l'aveva notato anche la signora del quarto piano. Si fa presto a farsi una nomea, e poi a fare così si scredita il palazzo. Qui ci abita solo gente rispettabile! O meglio, ci abitava... via, non mi fate dir nulla di più, voglio star zitta...»

«Via Franchina, racconta, sfogati, che c'è ancora?»

Il signor Giulio, abituato alle esternazioni della moglie sul vicinato, si divertiva parecchio ogni volta e non voleva perdersi il resto.

«Ma non ti sei accorto del via vai che c'è nell'appartamento di quei quattro studenti, quel Paolo e gli altri tre. È tutto un fare cene, urlare, musica a tutto volume fino a tardi. E ragazze, tante ragazze.»

«Via Franca, non mi pare che facciano tutta questa confusione...»

«Te non te ne accorgi, perché appena ti metti a letto chiudi gli occhi, ma lo sai che io faccio fatica a addormentarmi. E la camera dove dorme Paolo è proprio sopra la nostra, e il letto cigola, *gni, gni, gni*. Tutte le sere, verso mezzanotte ecco quel cigolio, *gni, gni, gni*. Non c'è verso di prender sonno!»

«Eh, son ragazzi!»

«Sono stata ragazza anche io che credi, ma mica mi comportavo così, cene tutte le sere, alcol, e *gni, gni, gni*. Via basta, non mi ci far pensare. Mettiamoci a tavola che è pronto.»

Fino a quel momento il comportamento di Poldo era stato quasi esemplare. Poco prima aveva seguito la donna in cucina gustandosi con appetito i bocconi che lei gli aveva servito in una ciotola di fortuna appoggiata su un foglio di giornale piegato in due, per poi assopirsi sul tappeto del salotto, accanto al tavolo da pranzo apparecchiato con cura. Ma la calma era destinata a durare poco, e mentre i tre erano seduti a tavola a mangiare la famosa pasta col ragù di mamma parlando del più e del meno ecco un fastidioso ronzio di mosca, avvertito distintamente non solo dai commensali.

Fu allora che quello che fino a un istante prima sembrava un docile e composto cucciolone addormentato ai piedi del tavolo scattò di colpo come il più temerario dei predatori, a caccia del fastidioso insetto che con il suo ronzio molesto disturbava la serenità di quel momento.

Forse per puro spirito di mimetismo animale, la mosca decise di appoggiarsi su uno dei tanti animaletti di vetro di Murano posati su un tavolinetto basso accanto al divano, e fu lì che Poldo si diresse in un balzo con furia assassina pronto ad avere la meglio sull'insetto, riducendo in frantumi tutto il fragilissimo zoo.

«La mia collezione di Murano!!! Porta subito via quella bestiaccia! Sapessi quanto costano quegli animaletti, e poi sono il ricordo di tutti i nostri viaggi a Venezia.»

La signora Franca era fuori di sé e dopo aver inutilmente cercato di ricomporre qualche pezzo del suo zoo, sconfitta prese l'aspirapolvere e cominciò a ripulire i cocci. Senza ribattere Francesco afferrò Poldo per la collottola e lo trascinò in terrazza, con l'accompagnamento di una pedata. Prima del caffè la madre chiamò Francesco in cucina, dove il figlio la colse intenta ad accendere le candeline su una torta.

«Mica ti sarai dimenticato che oggi è il compleanno del babbo? Ti sei presentato a mani vuote? Sai quanto ci tiene ai festeggiamenti» gli chiese la signora Franca senza alzare gli occhi dal dolce.

Francesco non se n'era dimenticato, aveva bene in mente la ricorrenza, solo che a quel punto un adorabile cagnone di trenta chili non gli sembrava più il regalo giusto. Se era bastata un'innocua mosca per trasformare Poldo in un energumeno senza controllo cosa poteva succedere alle fragili collezioni di ricordini della madre in presenza di una zanzara o magari di una vespa? Poldo avrebbe potuto provocare una strage nell'appartamento, ed era impensabile cercare di proporlo ai genitori come un utile regalo di compleanno, magari un nuovo esemplare di acchiappa insetti ecologico o un disinfestatore di terrazzi.

«Figurati se me lo sono dimenticato, è che ho lasciato il regalo a casa nella fretta di uscire, glielo porto al lavoro domani mattina» disse alla madre, con la quale subito dopo si avviò verso la sala da pranzo cantando «Tanti auguri a teeee!», mentre Poldo di là dal vetro del terrazzo seguiva con attenzione i movimenti del dolce, con la lingua penzoloni. Dopo il brindisi e dopo almeno un paio di fette di torta il padre di Francesco pensò che in fondo, anche se aveva combinato un disastro, pure Poldo si meritava un po' di dolce.

«Glielo porto io, stai seduto» disse la signora Franca mettendone in un piattino un'abbondante fetta che portò fuori al cane. Non poté fare a meno di notare che nel frattempo Poldo aveva annaffiato i suoi gerani appoggiati alla ringhiera con abbondanti spruzzi gialli. La pendenza del terrazzo aveva fatto gocciolare il liquido sui panni stesi dell'inquilina del piano di sotto, che per l'appunto in quel momento stava guardando verso l'alto con espressione dubbiosa. Per questo riprese in fretta il dolce al cane costringendolo a seguirla in cucina, per finire il suo pasto al riparo degli sguardi dei vicini. Proprio lei, la moralizzatrice del palazzo, quella che nelle riunioni di condominio si era sempre espressa con decisione contro gli animali, cani, gatti e addirittura criceti, così come contro ogni schiamazzo e comportamento scorretto, ora non poteva certo correre il rischio di farsi sorprendere con una bestia simile in casa. Tornò in salotto e di nuovo rimproverò Francesco per il comportamento dell'animale.

«Sai che ha combinato ancora quella bestia? Ha fatto la pipì in terrazzo e ha spruzzato anche i panni stesi da quella del piano di sotto.»

«Ma non dici sempre che i panni vanno stesi sulle terrazze interne per il decoro? Vedi che Poldo qualcosa di buono lo sa fare, così quella impara...» notò ridacchiando il marito.

«Guarda Giulio, non è proprio il momento di scherzare» lo zittì la donna, che subito dopo si rivolse al figlio: «Continuo a pensare che quella ragazza ti ha giocato un bel tiro, prima prende un cane e poi scompare lasciando te a occupartene. Ilaria non l'avrebbe mai fatto».

«Forse no, ma devo ammettere che a me Poldo sta simpatico. Ancora non conosce le regole dell'educazione ma non è cattivo.»

«E bravo il mio papà!» urlò Francesco, che non riusciva a credere che suo padre stesse prendendo le difese di Poldo.

«Tutti i cani danno la caccia alle mosche, e non poteva sapere che il tavolo si sarebbe rovesciato. Ti ricordi che anche Francesco, aveva cominciato a camminare da poco, si attaccò alla tovaglia e sparecchiò il tavolo, piatti, bicchieri e tutto il resto?» intervenne il padre.

«Che c'entra, era solo un bambino piccolo. Un cane è una cosa diversa.»

«Non ne sono così sicuro Franca, ha bisogno dello stesso affetto, e ti sa ricompensare con una fedeltà assoluta. Guarda adesso come sta tranquillo.» In effetti Poldo era di nuovo ai piedi del tavolo, sdraiato e sprofondato nei suoi sogni di cane. E incoraggiato dalle parole del padre Francesco colse la palla al balzo.

«È vero mamma, il babbo ha ragione, per questo...» cominciò, ma il resto della frase, «gli ho regalato Poldo per il suo compleanno», gli morì sulle labbra. Perché proprio nel momento in cui il padre gli aveva fornito un pretesto, vide il mucchietto di cacca depositato poco prima da Poldo sul tappeto davanti al divano, il costoso persiano che la madre aveva ricevuto come regalo di nozze dalla sorella.

«Via, è tardi, ho fissato con Mario tra poco» concluse bruscamente. E alzatosi da tavola, recuperato il guinzaglio, salutò in fretta i genitori per tornarsene a casa con Poldo alle calcagna.

Prove per un addio

Per Francesco quella domenica fu fallimentare, e dopo il pranzo dai suoi rientrò a casa con Poldo ad attendere Mia, che nel pomeriggio gli aveva telefonato per avvisarlo che sarebbe rientrata da Milano quella sera stessa. Si tolse di dosso gli abiti domenicali tanto graditi a mammina, e per smorzare l'attesa, sbattuto con sdegno Poldo nell'avvilente terrazzino, si mise a farsi la manicure, visto che la madre gli aveva fatto notare quanto si presentavano trasandate le sue mani. Nel frattempo ricevette un SMS da Mia: "Arrivo alle sette alla stazione spero di trovare qualcosa in frigo per cena. A dopo". Il frigo era desolatamente vuoto, e Francesco pensò di ordinare delle pizze a domicilio, pregando l'addetto sulla tempestività nella consegna, alle otto in punto. Nel frattempo dal terrazzino Poldo vedeva passare per strada cani di ogni genere, che passeggiavano al guinzaglio con i loro padroni, che si facevano spazio fra i pedoni annusando ogni centimetro di strada. Sul marciapiede stava procedendo in quel momento un uomo robusto e dal passo lento, che camminava tenendo a fianco il suo cane senza guinzaglio, troppo perfetto per essere un animale, troppo sottomesso e impaurito allo schioccare delle dita del padrone, che quando procedeva oltre lo richiamava a un passo più lento. Finché a un tratto accadde un imprevisto: un gatto attraversò la strada sfrecciando tra auto e motocicli. Fu lì che l'istinto predatorio di quel cane marionetta ebbe la meglio, e subito si lanciò in un inseguimento sfrenato. Purtroppo non fu sufficiente la prontezza degli automobilisti che inchiodarono all'istante, e il cane fu colpito da un'auto con una signora anziana alla guida, rimanendo a terra fra lo sconcerto di tutti. Il padrone cominciò a imprecare: «Ma guarda quello scemo cosa mi ha combinato!», mentre l'anziana signora, scesa dall'auto per verificare le condizioni della bestiola, si lasciò andare a dure esclamazioni contro quell'uomo: «Lei è un incosciente! Lo sa che i cani per legge devono essere portati al guinzaglio?».

«Signora il mio cane ha sempre obbedito e io non ho bisogno del guinzaglio» le rispose l'uomo in malo modo.

«E infatti ora il suo cane è ferito per colpa sua!» Incurante delle parole della signora l'uomo incitò il suo cane ad alzarsi, ma al primo tentativo di rimuoverlo da terra, la povera bestiola lanciò un guaito di sofferenza. Nel frattempo Mia era arrivata con il taxi sotto casa e trovandosi davanti quella scena pagò velocemente la corsa lasciando le valigie sul marciapiede. Si precipitò a soccorrere quel cane agonizzante lanciando un'occhiata fulminante al padrone che se ne stava lì a commentare l'accaduto con alcuni passanti, usando parole poco felici nei confronti di quel gattaccio che era apparso improvvisamente e del suo cane che non gli aveva ubbidito. Con la voce alterata Mia si rivolse all'anziana signora: «Non c'è tempo da perdere con questo signore, scommetto che questa povera bestiola non era al guinzaglio! D'altra parte la madre dei cretini e degli incivili è sempre incinta!». La signora aveva un plaid nel bagagliaio, Mia lo stese per terra e confortando con dolcezza la sofferente bestiola riuscì a farcela rotolare lentamente sopra. Con l'aiuto di alcune persone lo alzò e l'adagiò sul sedile posteriore dell'auto, lasciando al padrone l'indirizzo della clinica veterinaria dove si sarebbero recate. Mia conosceva bene quella clinica, dove c'era una dottoressa che Poldo amava particolarmente, molto prodiga nel dispensare ghiottonerie ai degenti a quattro zampe. Si mise alla guida del veicolo, tenendo nella mano sinistra un fazzoletto bianco e suonando il clacson all'impazzata. In meno di dieci minuti raggiunsero la clinica e si precipitarono dentro con l'animale ferito chiedendo immediato soccorso. Nel frattempo anche l'incosciente padrone raggiunse la sala d'attesa ma capì subito che non era il caso di fare commenti sull'accaduto. Finalmente si aprì la porta di uno degli ambulatori e uscì una donna in camice bianco.

«Chi è il padrone di Zac?» chiese con dolcezza.

«Sono io dottoressa e vorrei tranquillizzare tutti che sono anche assicurato, cioè ho assicurato il mio cane» rispose quello. Con un sorriso la dottoressa lo fece accomodare, e pronunciò la sentenza: «Allora, il suo cane ha una frattura al bacino. Dobbiamo terminare gli esami per vedere se l'impatto ha leso anche la vescica, e in questo momento stiamo facendo un'ecografia sotto anestetico per approfondire il quadro clinico. Una cosa è certa, Zac ha molto dolore.»

«Ma è in pericolo di vita? Resterà paralizzato?»

«Guardi adesso si metta qui tranquillo, attendiamo tutti gli esami e se il suo cane dovesse superare questo evento spero che da ora in poi lo porterà a passeggio con il guinzaglio.»

«Certo dottoressa, vede, nella vita non si finisce mai di imparare...»

«Bene allora ci vediamo fra un po'.»

«Grazie dottoressa, grazie davvero.»

Uscita la dottoressa il proprietario di Zac cercò di tranquillizzare le due mostrandosi allo stesso tempo disperato e pentito. I tre si scambiarono i numeri del cellulare per tenersi in contatto sull'esito definitivo della diagnosi, finché Mia e l'anziana signora lo salutarono e tornarono verso casa. Arrivate a destinazione, Mia scese dalla macchina, abbracciò la donna, raccolse i bagagli che poco prima aveva lasciato sul marciapiede ed entrò nel palazzo. Finalmente avrebbe rivisto Poldo.

Ormai erano le dieci e le pizze che Francesco aveva ordinato per cena non avevano certo un bell'aspetto. Mia entrò in casa e portò in camera i bagagli preparandosi ad accogliere con tutta se stessa il suo amato Poldo. Irritato dal suo ritardo Francesco le rivolse appena la parola con un tono di disappunto: «È questa l'ora di arrivare? Potevi almeno avvertire che ritardavi così tanto! Avevo ordinato le pizze in perfetto orario, se ora le vuoi riscaldare fa' pure!».

Mia sembrava non ascoltare quel fastidioso ronzio che le parevano le parole di Francesco e si precipitò a liberare Poldo dal terrazzino.

«Amore della mamma, quanto ti amo, sei il mio grande amore!» Poldo sembrava impazzito di gioia, era tornata la sua padrona del cuore, la sua dolce compagna, il suo amore e non tardò a riempirla ovunque dei suoi odori, facendo capriole rocambolesche, leccandole il viso, portandole la sua pallina rossa per poi mettersi a pancia all'insù per ricevere coccole in abbondanza e le sue grattate preferite. Mia alzò gli occhi e mentre accarezzava Poldo guardò Francesco che sembrava disturbato da quelle effusioni.

«C'è qualcosa che non va? Ti pare strano che io ami così perdutamente Poldo? Ti pare strano che io e il mio cane ci abbracciamo e ci baciamo come due innamorati? Ebbene è così, questo è amore con la A maiuscola! E a proposito del ritardo, sappi che non mi sono divertita affatto stasera.»

Francesco non batteva ciglio e Mia incalzava, avendo represso per alcuni mesi il desiderio di vomitargli quelle parole e continuò: «Ho ricevuto una telefonata dal Brooklyn Hospital di New York, mio padre è ricoverato in terapia intensiva. Sembra che abbia avuto un infarto e sono tornata da Milano perché ho trovato un volo che parte domani sera da Pisa, e non potevo non vedere Poldo per chissà quanto tempo».

«Quindi domani te ne vai da tuo padre e mi lasci il cane?»

«Ah, ti sto dicendo che mio padre sta lottando per la vita e il tuo problema è Poldo...»

«No, hai capito male, volevo dire...»

Mia lo interruppe subito: «Stai tranquillo, domani mi metto d'accordo con Claudia che sicuramente si occuperà del mio cane con amore! È vero, tu non puoi capire la sofferenza perché non conosci il dolore, non sai cosa significa guadagnarsi da vivere, non si può chiedere a uno come te di amare un cane, perché non hai mai amato neanche una persona, tranne te stesso!».

«Dài, Mia, vedi di smetterla, credo che sia la fame a farti sragionare! Forse è vero, io non sono profondo come te, non avrò tutti i tuoi interessi, non conoscerò le lingue, ma mica è colpa mia se sono nato con la camicia!!! Non penso di essere come mi dipingi solo perché non ho avuto grandi dolori e perché non amo gli animali!»

«Vedi, Francesco, tu non hai la capacità di pensare e di metterti in discussione, semplicemente perché vivi di apparenze. Ho sprecato le mie energie e il mio tempo sperando che tu cambiassi, che potessi vedere la vita con i miei occhi e soprattutto con il mio cuore. Be', mi sono sbagliata, ecco tutto.»

«Cosa vuoi dirmi, che questa partenza è un addio, che te ne vai per sempre, che non tornerai più?»

«Non preoccuparti Francesco, tornerò sicuramente a riprendere Poldo, il tempo di sistemare le cose con mio padre.» Mia si avvicinò al tavolo della cucina e provò un senso di nausea solo alla vista di quelle pizze ormai fredde. Avvertì anche un profondo rifiuto nei confronti del mondo di Francesco e si sentì per la prima volta assolutamente estranea e sola in quella casa. Andò in bagno, indossò un pigiama, prese una coperta e si distese sul divano, mentre Poldo si era adagiato vicino a lei come per farle capire che non era sola. «Che bella cosa sei Poldo! Non sai quanto mi dai, sai donarmi la luce che hai dentro e il tuo amore. Senza parlare, con la forza del tuo sguardo e dei tuoi gesti! Vieni piccolo, saluta la mamma, ho voglia di stringerti forte, hop hop.» Il cane si sistemò tra le ginocchia di Mia e si addormentarono come fossero un unico corpo e un unico respiro.

Il mattino seguente Mia dovette pensare agli ultimi preparativi per la partenza, ma non si separò un attimo da Poldo. Francesco non aveva dato peso alle parole della sera prima, non riconoscendosi in quell'uomo che lei aveva descritto. L'unico suo tarlo era il cane, che gli sarebbe rimasto ancora una volta in affido. Ma si scrollò di dosso i pensieri e uscì di casa, diretto al centro di abbronzatura per la solita lampada settimanale, per poi presentarsi in ufficio con il consueto aspetto curato. Mia invitò a pranzo Claudia, la vicina di casa, con la sua inseparabile Thelma, grande amica di Poldo, e le spiegò tutto. «Spero di tornare presto, ti chiedo un enorme favore, ti affido la sorveglianza di Poldo, non puoi capire quello che provo!!!» confidò all'amica.

«Stai scherzando? Secondo te non ti capisco? Io morirei all'idea di dovermi separare da Thelma e trovarmi costretta a lasciarla a una persona come Francesco.»

«Appunto è per questo che ti chiedo un impegno così importante e di grande responsabilità. Non potrei fidarmi di nessun altro, ti lascio le mie chiavi di casa, e se ti dovessi accorgere che Francesco non ha cura di Poldo, pensaci tu, ti prego.»

«Sì, ma come faccio con Francesco?»

«Fa' in modo che non si accorga che hai le chiavi. Tanto i suoi orari li conosci ormai e sai quando puoi avere campo libero in casa.»

«Stai tranquilla, Mia, è come se parlassimo da madre a madre. Sappiamo bene cosa vuol dire amare una creatura vivente così fedele e così indifesa!»

«Spero solo che Poldo non pensi che lo sto abbandonando, non sopporterebbe sicuramente l'idea, visto che è già stato abbandonato così piccolo! Vero Poldo? Lo sai che sei il mio grande amore!»

Mia non riuscì a trattenere le lacrime per quel distacco che le provocava sgomento e paura e Poldo si lasciò abbracciare e coccolare riuscendo a darle quel coraggio che solo in assenza di egoismo si può donare. Mia salutò l'amica con un caldo abbraccio e si precipitò di corsa in camera da letto a riempire la valigia di vestiti, scarpe e di ricordi. Uno su tutti una foto. Lei, Poldo, un prato verde e il sole, quel sole che adesso lei non aveva dentro. Richiuse la valigia, guardò l'orologio che aveva al polso, erano già le quattro del pomeriggio, e realizzò che doveva fare più in fretta se non voleva perdere il treno che l'avrebbe portata all'aeroporto. Per lei quella partenza segnava un passo verso un cambiamento, non sapeva cosa l'aspettava, ma in cuor suo sentiva che Francesco non era la persona per lei. Ora Mia era sulla porta di casa con la valigia in mano, mentre Poldo incollato alla sua gamba sentiva che la padrona amata stava partendo, e sicuramente avvertiva la sua tristezza. Lei si chinò verso il cane lasciandosi leccare le lacrime che scendevano lente dai suoi occhi. Poldo ormai aveva capito e si andò ad accucciare sulla branda che Mia gli aveva sistemato vicino al divano, senza mai abbassare lo sguardo. La ragazza prese un foglio e una penna, e lasciò sul tavolo un biglietto: "Francesco, sono partita e ti lascio il più bel dono che ho avuto dalla vita: Poldo. Abbi cura di te, su questo non ho dubbi, ma abbi cura anche di Poldo, lui ha bisogno di noi per vivere".

Sbatté la porta di casa senza guardare Poldo, che si rannicchiò e chiuse gli occhi, come per cercare un rifugio per la sua anima che si stava avviando verso un lungo letargo in assenza dell'amore di Mia.

Un tifoso a quattro zampe

Quel sabato sera Sky trasmetteva la partita di Coppa Italia, e come sempre l'appartamento di Francesco era stato requisito dagli amici per seguire la partita. Cena fredda preparata in anticipo da Graziella, un paio di bottiglie di vino rosso, niente donne e quattro tifosi scatenati che però diversamente dal solito non formavano un'unica tifoseria. Ai supporter della Fiorentina, Mario e Luca insieme al padrone di casa, si era aggiunto all'ultimo minuto Alberto, un collega di Francesco di passaggio a Firenze. Come torinese DOC la sua fede calcistica era quella bianconera, e con quella si apprestava a partecipare a un rito tutto gigliato che ormai si ripeteva da anni, e che il gruppo non era disposto a sacrificare per niente al mondo. Non c'erano fidanzate né tanto meno mogli, madri o padri, lavoro o altri impegni. Solo il pallone, la squadra e un certo spirito cameratesco maschile che escludeva tutto il resto. Tutto ma non Poldo, che per la prima volta prendeva parte al rito con grande entusiasmo, abbaiando festosamente a ogni scampanellata che scandiva l'arrivo degli amici.

«Stasera anche Poldo è in libera uscita» disse Mario appena messo piede nell'appartamento. Poldo gli mise le zampe anteriori sul torace, allungandosi fino al viso per poterlo leccare di gusto.

«Stai giù cretino!» gridò Francesco al cane, che non fece una piega continuando a leccare l'amico. «Sì, è un gran rompicoglioni ma purtroppo stasera sta con noi.»

«Ma non sarà gay? Vedo che continua a leccarmi di gusto.»

«Ci manca solo questo e poi siamo a posto. Non lo so, spero di no, sai che in questa casa entrano solo playboy DOC. Dài entra che ci stappiamo subito una birra. Luca deve ancora arrivare, e anche Alberto.»

«Alberto? E chi è?»

«Ma si dài, è quell'agente di Torino, l'ho visto anche in ufficio da te.»

«Cazzo, ho capito chi è. Ma che combini Francesco, inviti un gobbo a vedere la partita? Mi sa che stasera finisce male.»

«Guarda, in pratica si è autoinvitato, mica potevo lasciarlo a cenare da solo al ristorante. Comunque mi pare un tipo tranquillo.»

«Speriamo, perché quando guardo la partita non voglio rotture di palle, e soprattutto gobbi a gufare» concluse Mario, che sostanzialmente era un uomo pacato, un amico e un collega sul quale si poteva contare, ma quando c'era di mezzo il calcio non sentiva ragioni. Si sedettero entrambi sul divano, mentre Poldo si accucciò ai piedi del nuovo arrivato.

«Ci sono notizie di Mia?»

Era Mario che gli aveva presentato la ragazza, e proprio nel suo ufficio Francesco l'aveva incontrata per la prima volta. L'uomo in qualche modo si sentiva responsabile di quella storia, perché era stato anche grazie al suo aiuto se Mia, all'inizio indifferente a Francesco, aveva accettato di uscire con lui, per conoscerlo un po' meglio dopo gli elogi che Mario ne aveva fatto.

«Mi ha mandato un messaggio ieri, la situazione del padre è stazionaria e lei praticamente è sempre con lui in ospedale ad assisterlo. Per noi adesso non è un buon periodo» disse Francesco, evitando di dire all'amico che ormai la storia con la ragazza era molto compromessa, e che il telegrafico messaggino di Mia si limitava a chiedere notizie dell'animale.

«Allora possiamo definirti un single a tempo determinato? Hai campo libero insomma...»

«Eh sì, ne ho già approfittato per un regolamento di conti con una vecchia conoscenza.»

«Ti pareva... il lupo perde il pelo ma non il vizio. Non farmi soffrire Mia però, lo sai che ci tengo, è una bella persona e non voglio vederla andare in crisi.»

«Nessun problema, so come gestire la situazione. Mia non si accorgerà di nulla, e comunque si tratta di una botta e via» concluse Francesco.

Di lì a poco li raggiunse Luca, ma quando entrò Alberto per Poldo fu amore a prima vista. Dopo la solita abbaiata di benvenuto che riservava a tutti, il cane si zittì immediatamente, guardando fisso l'uomo che di fronte alla sua esuberanza non aveva battuto ciglio, informandosi appena sul suo nome. Una volta che Alberto si fu seduto il cane gli appoggiò il muso sulle ginocchia, guardandolo con un'aria adorante coi suoi profondi occhi marroni, come se avesse finalmente trovato il padrone ideale, un capo branco al quale affidarsi anima e corpo incurante di tutto il resto. Paradossalmente l'attrazione di Poldo non era dovuta a qualcosa che Alberto avesse detto o fatto, anzi l'uomo a prima vista era sembrato quasi indifferente all'animale. Non si era chinato per accarezzarlo e non l'aveva incoraggiato con qualche commento amichevole. Era una questione di pelle, di pelo anzi, di odori e istinti ancestrali che esulavano proprio dal comportamento: per Poldo lui era il maschio alfa, e tutto il resto non contava. Non contava che fosse un principe o un barbone, che fosse giallo, rosa o nero, e nemmeno il fatto che tifasse Juventus a Firenze.

«Sembra che il cane di Mia ti voglia un gran bene» gli disse Francesco, al quale non pareva vero non doversi preoccupare dell'animale. Senza rispondere Alberto passò la mano sulla testa squadrata di Poldo, che ricambiò la carezza con un gemito di soddisfazione. Intanto era venuta l'ora della partita, e come a riprodurre i diversi settori dello stadio, anche i quattro si misero seduti rispettando le rispettive fedi calcistiche. Sul grande divano Francesco con Luca e Mario, mentre lo juventino del gruppo si accomodò su una poltrona. Nel mezzo si sdraiò Poldo, come a rispettare una sorta di neutralità canina. Ma ben presto i suoi sentimenti di affinità con Alberto si palesarono in tutta la loro evidenza, sull'unico rigore concesso alla Juventus dall'arbitro, all'ottantesimo minuto, quando ormai la Fiorentina si avviava verso la vittoria dell'uno a zero. La messa in rete di Del Piero fu fulminea, quasi inavvertibile a occhio nudo, e mentre tutta la curva del Delle Alpi si alzava all'unisono lo stesso accadeva a Firenze a casa di Francesco, dove Alberto balzò in piedi gridando: «Gooool» subito imitato da Poldo deciso a manifestare la sua partecipazione alla gioia dell'uomo con una lunga serie di salti scomposti sulle zampe posteriori e un abbaiare festoso a sostituire la mancanza della parola. Qualunque fosse il motivo, se c'era da esultare lui non si tirava indietro.

L'abbandono

Fallito il tentativo di affidare Poldo ai genitori e soprattutto dopo l'improvvisa partenza di Mia per New York, Francesco realizzò che non si sarebbe potuto occupare ancora a lungo del cane. Erano troppe le rinunce, e una su tutte gli balzò all'occhio un pomeriggio davanti allo specchio, quando notò che il colorito del suo volto si era leggermente sbiadito. Per colpa del cane ormai non riusciva quasi più a rispettare la sua seduta settimanale di lampada abbronzante, la palestra era quasi un ricordo, e inoltre le sue belle, lunghe e affilate mani iniziavano a presentare delle callosità a causa del guinzaglio. Orrore! Fu in quel momento, riflettendosi nello specchio, che decise di sbarazzarsi definitivamente dell'elemento che lo costringeva a rinunce insopportabili e devastanti per il suo ego. Poldo, la bestia, l'animale. Era fastidiosissimo pensare ai bisogni fisiologici di un cane che scodinzolava felice quando capiva di essere portato a passeggio. Era fastidiosissimo dover servire i pasti a un cane, che agognava le sue adorate crocchette mugugnando seduto e composto in attesa della sua razione nella ciotola, come se ogni volta gli fosse servito un trionfo di dolci su un piatto d'argento. Francesco non sopportava nessun tipo di responsabilità, non aveva sviluppato nella vita la capacità di pensare che esistevano falsi problemi e che magari Poldo stesso sarebbe potuto appartenere a quella categoria, un problema a prima vista inaffrontabile che a ben guardare poteva essere superato soltanto con un po' di organizzazione e con la volontà di occuparsi di qualcuno che non fosse sempre e soltanto se stesso. Soprattutto Francesco era cresciuto con una madre possessiva e paranoica, una donna puntigliosa, che sembrava vivere solo di apparenze. Sempre presente nella quotidianità del figlio, pronta negli anni ad assolvere a tutti i suoi bisogni e assecondarne tutte le manie che peraltro avevano in comune, non era stata in grado di capire che quell'adorato figlio nel corso del tempo sarebbe diventato un involucro vuoto dalle sembianze umane, fin troppo curato nell'aspetto ma privo di contenuti nell'anima.

Il volto di Francesco riflesso nello specchio adesso sembrava disteso, sereno, con lo sguardo di chi aveva già pianificato la propria giornata, consapevole che tutto sarebbe andato a buon fine. Aveva in mente un piano, una strategia infallibile, che lo avrebbe finalmente riportato alla sua palestra, alla sua estetista, alle sue adorate lampade, agli shopping quotidiani alla ricerca irrefrenabile del pantalone e di quant'altro, purché rigorosamente firmato, insomma, alla sua vita di prima. Mentre si lucidava le scarpe a dovere, immerso nei suoi piani, l'ignaro Poldo giocava all'impazzata con l'amata pallina rossa, spingendola con il naso per allontanarla e poi afferrarla di nuovo. Poldo e la sua pallina erano inseparabili, sembravano fatti l'uno per l'altra, e c'era solo un'altra cosa capace di attirarlo di più: il guinzaglio, sinonimo di allegre passeggiate con il suo adorato padrone, di incontri, di odori e di libertà, quella che di lì a poco Francesco avrebbe ritrovato sbarazzandosi definitivamente di lui. Afferrato il guinzaglio, Francesco indossò un giubbotto, prese dal tavolo dell'ingresso le chiavi della macchina e chiamò Poldo con voce squillante, per sembrare più convincente del solito. Ma non era certo necessario convincere Poldo alla passeggiata, e appena visto il guinzaglio, la sua coda aveva preso a muoversi con oscillazioni sempre più ampie, in grado di spazzare via tutto quello che trovava dietro di sé, compresa la sua pallina rossa. Francesco si chinò per raccoglierla, e con un tono che era insieme di sfida e di cinico sarcasmo gli disse: «Poldo portiamo via la pallina, ti aiuterà a sentirti meno solo, ti farà compagnia dove andrai a stare!».

I due salirono in macchina e mentre Poldo osservava dal finestrino tutto ciò che lo circondava ignaro del triste destino che si stava profilando, Francesco pensava a dove abbandonare la bestiaccia. Mentre percorreva un viale alberato, ormai distante da casa, scorse un'area recintata riservata ai cani e fu lì che intravide la possibilità di compiere l'opera. Poldo scese dalla macchina entusiasta, aveva già fiutato la presenza dei suoi amici pelosi che stavano giocando felicemente. Disturbato dall'atteggiamento esuberante del cane, che non vedeva l'ora di raggiungere il parco giochi, Francesco si lasciò andare a insulti nei suoi confronti attirando l'attenzione di alcuni passanti, fra i quali una signora di mezza età che con un tono deciso e infastidito, esclamò: «Tanto lo dico sempre che gli animali sono meglio delle persone!». Ma lui finse di non aver sentito quelle sagge parole e si diresse verso l'area recintata, affollata da cani di ogni razza e da padroni di ogni colore, che vigilavano sui loro quadrupedi, sprecando commenti di compiacimento e scambiandosi piccoli consigli su come li avevano educati, sulle vaccinazioni, sull'importanza della sterilizzazione, sui cibi giusti e quelli tassativamente da evitare per il bene dei loro figli-cani. Senza neppure chiedere ai padroni se alcuni cani, avendo già costituito il loro branco, avrebbero accettato di buon grado la presenza di Poldo, Francesco spinse il cane dentro l'area verde creando disordine fra i quadrupedi presenti che taluni in coppia, altri da soli, si fecero avanti verso Poldo, non tutti animati da buone intenzioni. Chi lo invitava al gioco, chi lo annusava dalla punta della coda alla punta del naso con diffidenza, per poi riconoscere in lui uno di cui ci si poteva fidare, e chi gli ringhiava costringendolo a sottomettersi, magari maschi molto dominanti dai quali Poldo capiva subito di dover stare alla larga. Fu allora che Francesco ricevette una telefonata, e fu quella l'occasione giusta per far scattare il piano e abbandonare Poldo al suo triste destino. Sfilò velocemente il collare all'animale e rispose.

«Pronto! Ah ciao Luca» era il vecchio amico di scorribande che in quel momento si rendeva inconsapevole complice di Francesco, che fingendosi impegnato nella conversazione si diresse verso il cancello con passo felpato e l'aria distratta, proprio per passare inosservato agli occhi della gente.

«Cosa facciamo stasera Dongiovanni? Io avrei due belle signorine che reclamano la nostra compagnia, le ho conosciute ieri in treno tornando da Milano! Oh amico... ti ho fatto un cross incredibile! Le donzelle non vedono l'ora di conoscerti!»

«Scusa Luca» rispose Francesco con aria fintamente costernata «sono in mezzo a un guaio tremendo, sto cercando disperatamente Poldo, lo avevo portato a fare una passeggiata al parco e adesso non lo trovo più, lo sto chiamando da un'ora e non torna e la mia preoccupazione è Mia, adesso che le dico?»

«Perdonami Francesco, ma come cavolo hai fatto a perdere un cane? Dài, come si fa a essere così distratti! E poi cosa c'entra Mia? Adesso devi solo pensare a ritrovare quella povera bestiola che sarà in giro impaurita, persa per strada, senza un riferimento... prova a telefonare alla polizia municipale e poi fammi sapere. Se hai bisogno di aiuto chiamami, mi raccomando!»

Francesco soddisfatto chiuse il telefonino e capì di aver reso credibile l'accaduto. Compiaciuto di se stesso, tirò un sospiro di sollievo e guardò verso l'area per cani, che nel frattempo, a pomeriggio inoltrato, si era quasi totalmente svuotata. Intravide Poldo felice che instancabilmente rincorreva una meticcia bianca e sentì il dolce richiamo della padrona, una ragazza di circa trent'anni, fisico atletico, occhi dolcissimi, dai quali traspariva tutto l'amore per la sua amica fedele: «Neve! Andiamo... amore, dobbiamo andare a casa a mangiare la pappa! Neve! Muoviti... andiamo». La cagnolona si avvicinò alla sua padrona e si lasciò mettere il guinzaglio come per farsi prendere per mano e uscirono insieme dal cancello richiudendolo. Lasciando dentro l'area Poldo, ormai solo. La ragazza e Neve presero la via di casa, facendosi spazio fra i radi passanti, scambiandosi effusioni e coccole. Francesco adesso non aveva più testimoni scomodi, guardò per l'ultima volta verso la rete che delimitava l'area per cani e vide Poldo, che piangeva disperatamente come a richiamare l'attenzione di qualcuno, che graffiava e mordeva con forza la rete che lo divideva dal suo tanto amato padrone, al quale avrebbe perdonato qualunque cosa. Perché Dio solo sa quanto un animale conosca il perdono meglio dell'uomo. E all'improvviso Poldo capì, e si accovacciò a terra con il naso appoggiato alla rete, e come un soldato ferito che sente di aver combattuto l'ultima battaglia si lasciò cadere stremato, inerme, solo, senza abbassare lo sguardo, con la dignità di avere dato, alla sua ancora breve vita, il senso profondo dell'amore per qualcuno, amore vero, quell'amore che si dona senza pretendere niente in cambio, quell'amore che ci spinge a perdere la propria vita per difendere ciò che amiamo, quell'amore che Poldo conosceva perché era un animale, e che Francesco non poteva capire, semplicemente perché era un uomo. Francesco mise in moto la sua luccicante auto modello figo, accese lo stereo, abbassò il finestrino, per far fuoriuscire gli odori di Poldo e si diresse verso casa, compiacendosi di aver portato a termine con abilità il compito che si era assegnato. Del resto lo aspettava una serata da sballo! Prese il telefonino e compose il numero di Luca, preparandosi con voce sommessa: «Oh, Luca... sono io, allora Poldo non si trova, ho smosso il mondo, polizia municipale, carabinieri, guardie zoofile, ma niente, sembra sparito nel nulla! Vorrei sapere dove si è cacciato quell'idiota», mentre Luca, nel tentativo di tranquillizzare l'amico che stava recitando da maestro la sua parte, gli rispose: «Tranquillo, dài, vedrai che qualcuno lo ritrova e te lo riporta a casa».

«Non mi sembra una cosa così semplice...» disse Francesco ostentando una profonda tristezza.

«Vuoi... che Mia non abbia fatto mettere il microchip a Poldo, è obbligatorio per legge!»

«Il micro che?» lo fermò Francesco scioccato.

«Tutti i cani devono essere microchippati per essere identificati, anche loro hanno un'anagrafe. Non potendo girare con la carta d'identità nel portafogli come noi gli viene messo un microchip dietro al collo, che contiene tutti i loro dati, nome, data di nascita, generalità del proprietario, indirizzo... Stai tranquillo, al momento che lo ritrovano sicuramente rintracciano subito te o Mia...! Francesco, Francesco... mi senti?»

«Sì, sì, ti sento, forte e chiaro. Vabbe', adesso che mi hai tranquillizzato non mi resta che starmene sereno ad aspettare!»

«Ma sì, dài! Vedrai che Poldo torna a casa, e a questo punto vattene a casa pure tu, con le gnocche faremo un'altra volta! E se hai bisogno di me, lo sai, io tengo il cellulare acceso tutta la notte e se non ho di meglio da fare ti rispondo... notte Frà.»

«'Notte Luca. E grazie davvero, sei un amico!»

Dopo che l'amico lo aveva illuminato sull'esistenza del microchip Francesco cominciò a sudare freddo, e a intravedere i possibili guai ai quali sarebbe andato incontro. Per lui il più temibile era il ritorno di Poldo a casa, di tutto il resto poco importava. L'uomo arrivò sotto casa, parcheggiò la macchina e salì rapidamente le scale, per la paura di incontrare Claudia e doverle dare spiegazioni sull'assenza di Poldo. Una volta chiuso il portone blindato dietro di sé, fece un bel respirone, gettò in un angolo il collare con la medaglietta a forma di osso con sopra scritto POLDO che aveva sfilato via all'animale, si tolse le scarpe sporche di fango e si mise la tuta da casa per godersi finalmente la sua prima serata di assoluta libertà. Guardò verso il balcone, dove ormai non c'era più nessuno che si agitava di gioia, che chiedeva da mangiare, da bere, che voleva fare i suoi bisogni. E si adagiò sul divano godendosi un inquietante silenzio, provocato da chi è troppo assente. Nel frattempo la serata volgeva verso un tipico temporale di inizio estate, che non lasciava sconti a tuoni e saette e Francesco si addormentò sul divano incurante della sorte del povero Poldo.

Il ritrovamento

Tutto sembrava ostile a Poldo, e anche il tempo stava mettendosi al peggio. Era ormai buio e la quiete dell'oscurità era interrotta da saette e tuoni che facevano presagire una nottata d'inferno per il povero cane, terrorizzato dal frastuono e da quella luce improvvisa che a tratti squarciava il cielo. Presto iniziò a piovere violentemente, e Poldo, attaccato alla rete che delimitava l'area per cani, era sempre più bagnato e infreddolito, affamato anche, mentre in breve il manto erboso sul quale si trovava stava diventando velocemente un'immensa pozzanghera d'acqua e fango. Quella bestia di Francesco aveva abbandonato al suo destino infame il povero Poldo, che non poteva gridare al mondo la sua sofferenza. Nessuno lo avrebbe sentito e la pioggia cadeva lenta sul suo muso striato da rivoli d'acqua che scorrevano lenti dagli occhi come per confondersi in un pianto dell'anima. Nello stesso momento, in un piccolo appartamento poco lontano dalla prigione a cielo aperto di Poldo, c'erano due belle anime, che lo avevano incontrato poche ore prima nel parco. Erano Neve e la sua amata padrona Sonia, che giacevano una distesa accanto all'altra sul divano di casa a fare zapping alla TV, entrambe inquiete per l'accentuarsi del temporale. A un tratto ebbero un sussulto all'unisono, come se all'improvviso avessero ricordato la scena di qualche ora prima, quando si erano chiuse alle spalle il cancello dell'area per cani. Sonia fu scossa da un brivido ricordandosi di non aver visto nessuno chiamare quel cucciolone che stava giocando con Neve, e l'ultima immagine che le balenò davanti agli occhi era quella di Poldo, solo nello spazio verde. Per non indulgere in pensieri negativi cercò di rilassarsi, immergendosi in un bagno caldo alle erbe aromatiche, ma quel profumo d'erba riportò la sua mente al prato verde del parco e a quel cane, forse solo, forse abbandonato, terrorizzato, bagnato, infreddolito. Uscì dall'acqua, mentre avvertiva dentro di sé una sensazione di angoscia e si asciugò tamponandosi frettolosamente con un morbido accappatoio di cotone rosso. Poi indossò in fretta una tuta, una delle tante che possedeva essendo un'infaticabile insegnante di educazione fisica in una scuola media, dove spesso i ragazzi erano catalizzati dall'amore che quella donna riusciva a trasmettere loro. Sonia si armò di un guinzaglio e di un asciugamano, chiamò Neve e insieme si avviarono di corsa verso l'auto parcheggiata sotto casa, sotto il diluvio.

«Dài Neve, salta su, hop, hop.»

Le due complici partirono di corsa verso l'area per cani. Mentre percorrevano il lungo viale alberato sembrava che il cielo avesse dichiarato guerra alla terra. Era un bombardamento incessante di saette e tuoni. Finalmente riuscirono ad arrivare proprio davanti al cancello, lasciarono accesi i fari dell'auto, puntati verso l'area. Neve balzò giù dall'abitacolo e iniziò a correre alla ricerca del suo amico, nonostante la pioggia battente non aiutasse l'olfatto dei due quadrupedi ad avvertire gli odori l'uno dell'altra. Entrambe perlustrarono tutta l'area, finché in lontananza scorsero una sagoma immersa in una pozza d'acqua. Neve allungò il passo come un atleta quando, alla fine di una gara, intravede il traguardo da raggiungere in pochi allunghi. E tagliato il traguardo, Neve trovò Poldo, che non aveva nemmeno la forza di alzare la testa, stremato dall'energia spesa e tremante di paura e di freddo. Neve iniziò ad abbaiare, a leccargli gli occhi e a uggiolare; Sonia li raggiunse, si avvicinò lentamente a Poldo e iniziò ad accarezzarlo sulla testa per rassicurarlo che era tutto finito, lo incitò ad alzarsi mostrandogli qualche biscotto che la bestiola divorò avidamente, e lo guidò fino alla sua macchina. Appena i tre furono a bordo, Sonia avvolse Poldo in un grande telo di spugna e ingranò la marcia per dirigersi verso casa. Una volta nell'appartamento i due cani erano zuppi d'acqua. Sonia prese il phon da un cassetto in bagno e si mise ad asciugare prima Poldo grondante e infreddolito e poi Neve, che giocava a farsi rincorrere dall'aria calda che fuoriusciva dall'apparecchio. Subito dopo fu la volta di una gustosa cena che le bestiole spazzolarono in pochi secondi, ripulendo l'acciaio delle ciotole fino a farlo brillare come fosse nuovo. Ormai si era fatta l'una di notte, e Sonia incitò Neve a prendere posto nella sua brandina. Quanto a Poldo, che non aveva collare né medaglietta e del quale ignorava ancora il nome, verificò che avesse il tatuaggio per avere qualche indizio sul proprietario del cane. Ma niente. Apparentemente il povero cane sembrava non avere né dimora né famiglia né nome.

Per Sonia la giornata era stata pesante e non appena tolte le scarpe si buttò a corpo morto sul divano del piccolo salotto mentre Poldo si adagiò sul tappeto vicino a lei, anche lui stanco ma rasserenato dall'accoglienza e dall'amore che aveva ricevuto dalla donna e dal suo cane.

La mattina seguente Sonia avvertì una collega che non sarebbe potuta andare al lavoro chiedendole di sostituirla nella lezione di educazione fisica, e dopo colazione portò i cani a passeggio. Indossato un collare e un guinzaglio di fortuna Poldo sfrecciò per le scale trascinandosi dietro Sonia e Neve, e giunti in strada i due cani manifestarono tutta la loro esuberanza e la loro energia trascinandosi la donna che stava loro dietro a fatica e fu quasi felice di fermarsi sia solo per un attimo a raccogliere in un sacchetto i loro bisogni, da proprietaria accorta. Subito dopo salirono in auto e raggiunsero la clinica veterinaria Il Giglio. Appena arrivati, Sonia chiese del dottor Lotti che fortunatamente era in ambulatorio, e arrivato il suo turno entrò con Poldo spiegando tutto l'accaduto al veterinario. Il dottore visitò Poldo e rilevò che il suo stato di salute fisica era buono, ma non altrettanto l'aspetto psicologico.

«Il cane è molto docile, è un bischerone, ma sicuramente è molto provato da quello che gli è capitato» le disse il veterinario. «Comunque tranquilla, ho visto che gli è stato inserito il microchip, e appena ritroverà il suo padrone tutto si metterà a posto.»

«La ringrazio dottore, non sa che sollievo è per me sapere che questo cane così bisognoso d'affetto tra poco rivedrà il suo padrone! Mi dica quanto le devo.»

«Niente, ti pare. Vai vai, salvatrice di anime perse!»

Ottenuti il nome e il numero di telefono del proprietario tramite il veterinario, Sonia compose subito il numero di cellulare di Mia Duncan.

«Pronto, parlo con la signora Mia Duncan?»

«Sì, sono io, chi parla?»

«Buonasera signora Duncan, mi chiamo Sonia Bigazzi e telefono da Firenze, la disturbo per chiederle se per caso ha smarrito il suo cane.»

«Ma chi, Poldo?»

«Sì, signora Duncan, l'ho trovato ieri sera in un'area per cani, solo senza collare né guinzaglio e attraverso il mio veterinario sono risalita a lei che per fortuna aveva microchippato il suo cane!»

«Oddio, non so proprio cosa possa essere successo! Ero partita serena perché avevo lasciato il mio piccolo in custodia per un breve periodo al mio compagno, quel cretino, quell'irresponsabile! Sonia, possiamo darci del tu?»

«Certo, tranquilla, Mia, adesso calmati, Poldo è con me e con la mia cagnolina, stanotte ha dormito con noi e se vuoi te lo posso tenere per qualche giorno fino a che non chiarisci con il tuo compagno cosa è successo!»

«Ti ringrazio Sonia, che Dio ti benedica! Adesso lo chiamo quel senza testa e poi ti metto in contatto con lui per venire a riprendersi il mio cagnolone... ma come sta?»

«Sta bene, non ti preoccupare, adesso risolveremo tutto!»

«Ok, Sonia non so come ringraziarti, il tuo numero è quello che mi è apparso? Appena rintraccio Francesco, ti richiamo e grazie ancora tanto!»

«Bene, allora aspetto vostre notizie, e non temere, Poldo è salvo e sta bene!»

Finita la telefonata con Sonia, la donna chiamò subito Francesco in Italia e senza perdere tempo in convenevoli gli chiese notizie di Poldo.

Con voce tranquilla Francesco le rispose: «Poldo sta bene, gode di ottima salute, almeno lui. L'ho lasciato stamani a casa con Graziella».

«Ah! E perché allora ho appena ricevuto una telefonata da una ragazza di Firenze, che mi ha detto di averlo trovato ieri sera in un'area per cani, tutto solo e abbandonato, e per giunta senza collare, come se qualcuno avesse voluto far sparire ogni traccia del proprietario?» gli rispose Mia infuriata.

«Ehm, magari è solo un cane che gli somiglia, ti ripeto che Poldo è a casa e ha dormito lì con me.»

Il tono della voce di Francesco stava diventando sempre meno deciso, e Mia incalzò: «Peccato che il microchip innestato nel suo collo parli chiaro. Quel cane che si è perso ieri sera è proprio lui, senza ombra di dubbio, e francamente non capisco il tuo atteggiamento, Francesco, a che gioco stai giocando?». L'uomo non si perse d'animo, e con il tono di chi si sente ingiustamente accusato cercò di inventare una spiegazione plausibile.

«È successo tutto all'improvviso Mia, l'avevo portato fuori per la passeggiata e a un tratto mi è scappato. Ho girato per più di un'ora senza ritrovarlo, pioveva ed ero disperato, ma non volevo chiamarti e farti preoccupare. Ho chiamato Luca che mi ha detto che grazie al microchip chiunque l'avesse trovato sarebbe risalito a me, e sono tornato a casa in attesa di una telefonata.»

Ma Mia non si lasciò incantare dalla spiegazione: «E come mai quando è stato ritrovato da quella ragazza Poldo non aveva il collare? Come se chi l'aveva perso se ne fosse voluto sbarazzare! Non ho parole: tu l'hai abbandonato volontariamente! Come hai potuto farlo?».

A quel punto Francesco gettò la spugna. Mia lo conosceva troppo bene per farsi incantare dalle sue parole.

«È inutile che ti meravigli cara, visto che in fondo la colpa di tutta questa situazione è solo tua. Mi hai convinto a prendere Poldo dicendo che te ne saresti occupata in prima persona provvedendo a tutto, e invece prima te ne vai a Milano dalle tue amiche lasciandolo a me, e poi di nuovo me lo molli per andare a New York. Lo sapevi che io non amo gli animali, sono troppo impegnativi! Fra l'altro è da qualche giorno che ho dei forti giramenti di testa, non mi sento molto bene e non ti nascondo che sono anche un po' preoccupato.»

«E quindi hai pensato bene di disfartene, così come si butta un sacchetto dell'immondizia. Complimenti! Meno male che al mondo non sono tutti come te, e ci sono anche persone come la ragazza che l'ha trovato e accolto in casa come se fosse suo.»

«Be', visto che è tanto sensibile allora perché non le chiedi di tenerlo fino al tuo rientro in Italia?»

«Francesco non ho parole, spero tu stia scherzando. Mio padre è stato dimesso dall'ospedale ma ha bisogno che gli stia vicino, e non so per quanto tempo dovrò stare ancora qui. Sonia è stata molto carina ma non posso chiederle di tenere Poldo fino al mio rientro.»

«Perché no, scusa? Comunque io non ne voglio più sapere, non è più un problema mio!»

«Be', lo può diventare però, perché lei... potrebbe anche decidere di sporgere denuncia nei tuoi confronti per abbandono di animale.»

«Ci manca solo una denuncia a questo punto. Allora mettiti d'accordo con questa ragazza che me lo riporti, perché io non vado di certo a riprendermelo.»

«La chiamo subito e le lascio il tuo numero di cellulare.»

«Sì, vorrei essere avvertito quando mi riporta il pacco. Stammi bene.»

Poco dopo Francesco ricevette una telefonata di Sonia che si mise d'accordo per riportargli Poldo il mattino seguente di buon'ora, prima di andare a scuola. Per salvargli la faccia Mia non raccontò alla donna come si erano svolti i fatti, ma le disse invece che Francesco era disperato per la scomparsa del cane che la sera precedente era scappato all'improvviso terrorizzato dal fragore di un tuono. Alle otto del giorno dopo Sonia riportò Poldo a casa sua, e le feste spropositate del cane e il freddo sorriso di circostanza di Francesco le fecero capire in un attimo quanto Poldo amasse il suo padrone e quanto poco il suo affetto fosse ricambiato.

«Spero che il cane non si perda di nuovo, cerchi di tenerlo d'occhio la prossima volta!» gli disse Sonia, sempre più convinta che la perdita di Poldo non era stata casuale.

«Stia tranquilla, è solo che Poldo è un po' esuberante, e ieri sera si era allontanato un po' troppo, impaurito dal rumore di un tuono, e non sono più riuscito a trovarlo.» Francesco parlò senza guardare la donna negli occhi.

«Meno male che l'ho ritrovato io allora. Sa, l'abbandono di un cane è perseguibile penalmente, e francamente se non avessi parlato con la sua ragazza sarei stata sicura che di abbandono si trattava.»

«Ma sta scherzando? Io abbandonare Poldo? Come potrei? L'avevo solo perso, e per fortuna che lei l'ha ritrovato! Adesso mi scusi, ma devo andare al lavoro, grazie ancora per la sua cortesia, arrivederci.»

Francesco congedò velocemente la donna, e chiusa la porta di casa tirò un sospiro di sollievo pensando alla scampata denuncia.

Ragazze e chat

La prospettiva di una denuncia per abbandono era stata un duro colpo per Francesco, specie dopo che il suo avvocato gli aveva confermato le parole della ragazza sulla possibilità di un procedimento penale. "E tutto per colpa di un cane" pensava lui ogni volta che quella storia gli veniva in mente, senza rendersi conto che la responsabilità dell'accaduto era tutta sua, e non di quelli a cui la imputava. Non di Mia, partita all'improvviso per New York al capezzale del padre. Non dei genitori, che non se l'erano sentita di accudire il cucciolo ma che del resto non avevano mai pensato di prendersi in casa un animale. E soprattutto non di Poldo, che in fondo svolgeva con diligenza e passione il suo mestiere di cane, incurante del padrone che purtroppo la sorte gli aveva assegnato. Per Francesco quel cane era solo un inconveniente a quattro zampe, confermato dal fatto che anche nel parlare comune i cani erano sempre associati a contesti negativi. Fa un freddo cane, sono stato da cani, non c'è un cane in giro, dormi con i cani e ti svegli con le pulci. Ormai fra lui e Poldo si era stabilita una rodata quotidianità che da parte dell'uomo era fatta di pochi gesti frettolosi, cibo e passeggiate, senza nessuna concessione all'affetto, mentre il cane ricambiava con il solito entusiasmo, che spesso provocava reazioni brusche nell'uomo. Poldo saliva con le zampe sul tavolo di cucina, saltava sul divano, si buttava sul letto, gli appoggiava le zampe sulle sue ginocchia, e ormai era quasi convinto di chiamarsi "Giù", visto che Francesco non gli diceva altro.

Durante le sue rare passeggiate con Poldo al guinzaglio Francesco si era reso conto che molte delle donne che incontrava in strada o al parco rivolgevano apprezzamenti al cane, informandosi sulla razza, sull'età e sul suo comportamento con dovizia di commenti, regalando anche qualche sguardo di ammirazione del quale, a dire il vero, lui stesso sentiva di essere il destinatario. E sicuramente solo a Firenze c'erano centinaia di donne che si sarebbero fatte in quattro per lo scodinzolare di un cane, disposte a farsi carico delle incombenze quotidiane che richiedeva in cambio dell'affetto e della lealtà che un cucciolo come Poldo avrebbe loro riservato. Bastava solo trovarle. E quale mezzo migliore avrebbe potuto utilizzare se non quello delle chat via internet, così ben frequentate dall'universo femminile e soprattutto così "discrete"? L'anonimato della chat gli avrebbe permesso una buona libertà d'azione, al riparo degli sguardi di Claudia o degli amici che magari avrebbero spifferato tutto a Mia vedendolo abbordare qualche ragazza nel parco o nel negozio di Spartaco. Aveva già pronto anche l'identikit della candidata ideale: single, tra i trenta e i quaranta, indipendente e chiaramente amante degli animali.

La scelta del *nick* non fu casuale: *Bausetter*. Anche quella volta l'ingresso in chat fu come aprire un libro a caso, senza partire dalla prima pagina. Lo schermo rigettava a ciclo continuo parole, lettere e simboli grafici o frasi intere. A prima vista i vari nick non gli dicevano nulla: *Mary72, Agamennone, Ilary, Cerbiatta80*. Gli indugi di Francesco furono interrotti da un "Ciao, disturbo?" scritto in una finestra che si era aperta all'improvviso. *Campanellino*, così si chiamava, aveva scelto proprio *Bausetter* per conversare. "Ciao Campanellino non disturbi per nulla. Sei una sognatrice o soltanto un'amante delle favole?" le chiese Francesco, deciso a far colpo sulla sua prima interlocutrice.

"Entrambe le cose. Sei nuovo della chat?"

"Sì, è la prima volta che mi collego. Mi chiamo Francesco e digito da Firenze."

"Anche io sono a Firenze, piacere, sono Valentina" scrisse la ragazza, che aggiunse di avere trentotto anni, di lavorare in un negozio di antiquariato e di essere una grande amante dei cani, ragione che l'aveva spinta a cliccare su quel nick così eloquente. Lei aveva proprio un bel setter irlandese di nome Oliver, di un magnifico pelo rosso, per il quale stava cercando una compagna di giochi.

"Il mio cane si chiama Poldo, non ha ancora un anno ed è un labrador. Sono sicuro che andrà d'accordissimo con Oliver" le rispose Francesco, mentre, orgogliosissimo del suo fiuto, pensava di aver trovato già la prescelta. Magari di lì a un mese sarebbe stata proprio lei a insistere per adottare Poldo dopo aver sentito la storia che Francesco le avrebbe ammannito sull'insensibilità dell'amministratore del suo condominio riguardo agli animali. "Mi hanno detto che il regolamento parla chiaro e che ho un mese di tempo per sbarazzarmi di lui. Puoi tenerlo tu?" le avrebbe confessato quasi in lacrime, preparandosi a ringraziarla per il suo gesto disinteressato.

"Hai un maschio? Speravo che tu avessi una femmina. Peccato."

Le parole di lei lo riportarono bruscamente alla realtà. Peccato? Francesco proprio non riusciva a comprendere tutto questo interesse per il sesso dei loro animali che ossessionava i proprietari dei cani. Ogni volta che con Poldo si avvicinava a un altro cane subito il proprietario gli chiedeva "è maschio o femmina?", dimostrandosi sollevato o dispiaciuto secondo una logica che a Francesco sfuggiva completamente. Ormai si era convinto che questa faccenda della sessualità fosse una delle tante stranezze tipiche degli amanti degli animali.

"Che problema c'è?" le chiese Francesco, deciso ad approfondire la questione.

"Oliver è un carattere dominante, e proprio non va d'accordo con i cani maschi. Se tu avessi avuto una femmina non ci sarebbero stati problemi, ma in questo caso meglio lasciar perdere."

"Credo che tu stia ingigantendo il problema" le rispose lui.

"Ti sbagli. Anche io la pensavo come te, ma mi sono ricreduta dopo che Oliver è stato morso a sangue da un altro cane. Il padrone l'aveva fatto entrare in un'area attrezzata senza chiedere nulla agli altri padroni. Da allora sono diventata più previdente."

Valentina lo salutò gentilmente e uscì dalla chat.

"Ma guarda te che fanatica" pensò Francesco, ma non ci volle molto perché una certa *Mary72* cominciasse a chiacchierare con lui.

"Ciao, sono Mary, disturbo?"

"Ciao Mary, qui Francesco da Firenze. Settantadue vedo, io sessanta, due annate vincenti. Cosa cerchi in chat?" le chiese.

"Cerco di conoscere persone interessanti. Anche solo per un'amicizia virtuale. E mi ha incuriosito il tuo nick. Perché *Bausetter*?"

"Sono un amante dei cani, proprietario di un bel labrador" le rispose tenendosi sul vago.

"Anche io amo molto gli animali, ma purtroppo ho dovuto sopprimere il mio adorato Cartesio lo scorso anno, aveva già dodici anni e si era ammalato gravemente."

Francesco esultò tra sé e sé: il fatto che avesse perso il suo cane era decisamente un punto a favore del suo piano.

"Allora devi conoscere Poldo, ha circa un anno adesso ed è molto socievole."

"Cosa fai nella vita Francesco?"

"Ho un'azienda di import-export a Firenze."

"Sei single?"

"Sì, ho chiuso una storia da poco e sono solo. Tu?"

"Anche io sono single, felicemente però."

"Per scelta tua insomma. E come sei fisicamente? Che taglia porti?"

"Scusa ma che domanda è? Ti interessa davvero la mia taglia?"

"Perché? È una domanda come un'altra. Io sono alto 184 centimetri per 79 chili, occhi e capelli castani. Così per conoscersi un po', che c'è di male?"

"Allora, sono alta 172 centimetri, e le misure sono 90-60-90."

"Wow, sei bellissima allora!!!"

Francesco e Mary continuarono a chiacchierare per una mezz'ora, durante la quale lui fece del suo meglio per dimostrarsi all'altezza della sua interlocutrice. La conversazione scivolò via leggera tra cani, amicizie e riflessioni più generali sui comportamenti umani, finché Francesco passò all'azione, invitando la ragazza fuori per una conoscenza più approfondita.

"Perché non ci conosciamo dal vivo, mi farebbe piacere incontrarti."

"Non so, Francesco, di solito non incontro mai le persone della chat. A volte la realtà può deludere, e chi ti immaginavi in un modo alla fine rischia di non assomigliare all'idea che te ne eri fatta."

"Guarda, non credo di deluderti, sono un bell'uomo. Anzi, perché non ci scambiamo la foto? Così vedi come sono e poi se ti piaccio decidi, senza forzature."

Mary non sembrava troppo convinta, e Francesco dovette faticare non poco per farla cedere, finché si scambiarono gli indirizzi di posta e finalmente nella casella di lui arrivò un'e-mail. La foto della professoressa Maria Francesconi – questo era il mittente scritto nell'intestazione – ritraeva una bella signora abbondantemente oltre i sessanta, sorridente, in posa davanti a una libreria.

"Vuoi prendermi in giro? Che cavolo di foto mi hai mandato, è quella di tua nonna?"

"Ti ho mandato la mia foto, di chi altri?"

"Ma mi avevi detto di essere del 1972, pensavo che tu avessi poco più di trent'anni e scopro che sei mia nonna. Ti sembra un modo corretto di comportarsi prendere in giro così la gente?"

"Non ti ho detto di essere del '72, l'hai dedotto tu dal mio nick. E poi io cerco solo amici con i quali parlare e scambiarsi idee e non credo che per questo l'età sia così importante" fece in tempo a scrivere Mary prima che Francesco chiudesse bruscamente la conversazione.

Qualche piccolo contrattempo non lo dissuase dal frequentare la chat, nonostante i mal di testa lo cogliessero sempre più frequentemente, specie dopo aver passato un po' di tempo incollato allo schermo. Francesco aveva diradato di parecchio gli allenamenti in palestra, e finito il lavoro rincasava velocemente per dedicarsi anima e corpo al suo progetto di dare una nuova casa a Poldo, progetto che sembrava tutto fuorché umanitario, mentre il cane, inconsapevole dei suoi traffici, sonnecchiava ai suoi piedi. E dopo una bella serie di chiacchierate con donne interessate a tutto meno che a un animale e di appuntamenti saltati all'ultimo momento, quando ormai stava per gettare la spugna ecco che conobbe Elisabetta. Sembrava la candidata ideale per il suo piano, sui quaranta, allegra, sensibile e soprattutto animata da uno sviscerato amore per gli animali.

"Ogni volta che vedo un cucciolo, per strada o in televisione, vorrei subito prenderlo con me, adoro tutti gli animali ma i cani sono la mia passione. Come hai detto che si chiama il tuo?" gli aveva chiesto nella loro prima chiacchierata virtuale, quando Francesco le aveva rivolto la fatidica domanda sul suo interesse per i cani.

Elisabetta non aveva animali, ma confessò di averne sempre desiderati, e d'altronde la sua casa disponeva anche di un fazzoletto di giardino adatto per farli scorrazzare.

"Cosa fai nella vita?" le chiese Francesco.

"Lavoro in una multinazionale come addetta al personale" fu la veloce risposta di lei, e Francesco ritenne che fosse sufficiente per proporle un'uscita la sera stessa.

Elisabetta accettò subito senza tentennamenti. Fu lei a parlargli dell'esistenza di spiagge per cani, e una domenica mattina partirono alla volta di Vada, dove una parte delle celebri spiagge bianche era riservata agli amici a quattro zampe e ai loro proprietari. Era la prima volta che Poldo vedeva il mare, e la sua reazione fu un misto tra l'iniziale timore per quella smisurata distesa liquida e la gioia spropositata non appena ci ebbe immerso le zampe. Per tutto il giorno fu impegnato a sgambettare tra l'acqua salata e il bagnasciuga, dove adorava rotolarsi per asciugarsi il pelo e socializzare con gli altri animali a quattro zampe vicino a lui, e ci volle tutta la pazienza di Elisabetta per farlo allontanare dalla riva e farlo riposare un po' all'ombra.

«Ci sai fare con lui, si vede che ti piacciono gli animali» le disse Francesco soddisfatto, mentre Elisabetta gli stava spalmando la crema solare sulle spalle.

«È come con i bambini, sono abituata.»

«In che senso?» le chiese Francesco.

«Sono la maggiore di tre sorelle, e sai quante volte in spiaggia d'estate mi occupavo di loro, controllando che non facessero il bagno dopo mangiato e facendole uscire dall'acqua prima che si macerassero le mani. In fondo è la stessa cosa con Poldo. Mi vergogno un po' a dirlo, ma quest'atmosfera mi piace, fa un po' famiglia» disse lei continuando a massaggiargli le spalle, mentre Francesco sorrise senza rispondere nulla. Nel tardo pomeriggio rientrarono a Firenze, e decisero di cenare da lui ordinando delle pizze. L'uomo si sedette davanti alla TV a vedere i risultati delle partite, mentre Elisabetta ne approfittò per portare Poldo al parco e dimostrare a Francesco il suo attaccamento per l'animale. Anche se la giornata era già stata piena di emozioni, appena vide il guinzaglio in mano a Elisabetta, Poldo dimostrò la sua gioia con scodinzolii e salti. Una volta usciti dal portone del palazzo Elisabetta si attaccò al cellulare chiacchierando fitto fitto con un'amica, e quando arrivarono al parco la conversazione non era ancora finita. La donna si sedette su una panchina, e visto che il cane la strattonava per muoversi, distrattamente abbandonò il guinzaglio, assorbita dalle chiacchiere. Solo una decina di minuti dopo si rese conto che il cane era sparito.

«Poldo! Poldo!!!» Elisabetta fu colta dal panico e cominciò a chiamarlo all'impazzata cercandolo dappertutto. Ma del cane non c'era traccia. Ormai erano passate le otto e i giardini erano deserti mentre la donna sempre più nervosa li passava in rassegna palmo a palmo, con la speranza di scorgere una macchia marrone sul verde dei prati. E quando presa dallo sconforto stava per chiamare Francesco, ecco che lo vide. Poldo trottellava tranquillo accanto a un bel pit bull bianco, entrambi tenuti al guinzaglio da una ragazza che non conosceva.

«Quel cane è mio, mi ero distratta un attimo e mi è scappato» le disse Elisabetta con tono affabile, sollevata per aver ritrovato il cane di Francesco.

«Suo? È sicura? E come si chiama?»

«Mi chiamo Elisabetta» rispose.

«Intendevo il cane. Si dà il caso che io lo conosca bene, e non mi pare che sia suo.»

Claudia si stava chiedendo chi fosse quella donna, e soprattutto dove avesse preso Poldo. Che Francesco se ne fosse disfatto senza dire niente a Mia?

«Si chiama Poldo, è il cane del mio ragazzo. L'ho portato fuori per la passeggiata e mi è scappato. Per fortuna che l'ha trovato lei.»

«Sì, proprio una fortuna. È stato lui comunque a trovarci, è un amico della mia Thelma, abitiamo nello stesso palazzo. Quindi lei è la ragazza di Francesco?» le chiese con tono fintamente svagato Claudia, decisa a indagare. Non aveva mai dubitato della pochezza di Francesco, ma che dopo poche settimane dalla partenza di Mia si fosse già fidanzato la sorprendeva un po'.

«Be', diciamo che ci stiamo frequentando. La ringrazio di aver ritrovato Poldo» le rispose Elisabetta riprendendosi il guinzaglio e tirando via l'animale, restio a separarsi da Thelma.

«Di niente, si figuri, per fortuna è andata bene. Arrivederci, e mi saluti Francesco. Da parte di Claudia.»

Elisabetta rientrò subito a casa, e senza raccontare a Francesco dello spavento per aver perso il cane gli portò i saluti di Claudia, dicendo di aver incontrato la ragazza al parco, mentre entrambe facevano passeggiare i loro cani.

«Ho conosciuto la tua vicina Claudia, che ti manda i suoi saluti. Poldo e il suo cane hanno giocato insieme al parco.»

«Ah, e che le hai detto? Quella ragazza è troppo curiosa, è una cara amica della mia ex. Scommetto che ti avrà riempito di domande.» Francesco non era contento dell'incontro, perché Claudia avrebbe subito chiamato Mia per raccontarle tutto. Ma non volle dare a Elisabetta l'impressione di essere preoccupato.

«In effetti mi ha domandato che ci facevo con Poldo al guinzaglio, ma sai che sono brava a eludere le domande. Le ho detto che sono una tua amica. Tutto qua.»

Di lì a poco arrivarono le pizze e i due mangiarono in silenzio, ciascuno assorto nei propri pensieri. Una volta cenato si misero entrambi davanti alla televisione, ma dopo una mezz'ora Elisabetta lo salutò.

«Devo andare, domattina ho quella riunione che ti dicevo e non voglio far tardi» disse alzandosi dal divano.

«Ma sono le nove e mezzo, è presto.»

«È una riunione importante Francesco, credimi, se no non andrei via a quest'ora. Come manager ho delle responsabilità precise, devo andare. Buonanotte!» Gli dette un bacio e uscì velocemente di casa senza nemmeno salutare Poldo. Francesco lo notò, ma non ci dette peso e dopo poco andò a dormire. La mattina dopo le mandò un SMS: "In bocca al lupo per la tua riunione da me e da Poldo!".

Prima di andare in ufficio passò dal supermercato vicino a casa, e mentre vagava tra gli scaffali gli arrivò un messaggio di Elisabetta, che lo ringraziava per il pensiero e gli dava appuntamento per quella sera.

«Vuole assaggiare uno dei nostri formaggi svizzeri?» Quando sentì quella voce femminile che conosceva bene, per un attimo pensò che potesse essere uscita dal suo telefonino insieme al messaggio. Vestita come una contadinella svizzera, tutta pizzi e velluto verde, Elisabetta si trovava accanto a un'esposizione di emmenthal e gruviera offrendo ai passanti quadratini di formaggio. Quando lo vide arrossì di colpo, e l'invito all'assaggio che stava per rivolgere a una cliente che stava passando le morì in gola, mentre Francesco si avvicinava a grandi passi.

«Credo che tu mi debba delle spiegazioni.»

«Posso spiegarti tutto Francesco, te l'avrei detto comunque.»

«Mi hai detto che eri una manager e ti trovo vestita da Heidi a vendere formaggi.»

«Lo so che ho sbagliato a mentirti, ma l'ho fatto in buona fede.»

«Sì me l'immagino guarda. Dovresti vergognarti...»

«E infatti mi vergogno Francesco, ma non per quello che credi tu. Non mi vergogno del lavoro che faccio, ma di averti mentito. Oggi è il primo giorno di lavoro, ma ero pronta a dirtelo stasera.»

«Ah, sì? Be', non ci sarà nessun appuntamento stasera!»

«La verità è che ero... disoccupata da tre mesi ormai, lavoravo davvero in una multinazionale, come impiegata, ma una volta che mi hanno licenziata per esubero non sono riuscita a trovare nient'altro.»

Elisabetta sembrava disperata nel tentativo di giustificarsi, mentre Francesco ricomponeva velocemente le tessere del mosaico della sua storia con lei, le sue reticenze, il suo cambiare discorso quando la conversazione cadeva sul lavoro. Basta, non era la donna giusta, né per lui né per Poldo, era completamente inaffidabile e soprattutto senza alcun mezzo economico.

«Risparmiami le tue scuse Elisabetta, mi hai molto deluso» le disse allontanandosi rapidamente da lei e uscì dal supermercato.

Il ritorno di Mia

"Avvertiamo i passeggeri che a causa delle cattive condizioni meteorologiche arriveremo a Pisa con trenta minuti di ritardo. Ci scusiamo per l'inconveniente che comunque non dipende dalla nostra compagnia."

A bordo dell'aereo che la stava riportando in Italia, Mia era serena, e non si preoccupò troppo del ritardo visto che ad aspettarla a Pisa non c'era nessuno. Non aveva avvertito Francesco del suo rientro e aveva impedito a Claudia di andarla a prendere all'aeroporto. Sarebbe tornata da sola in treno, ritagliandosi un'altra ora per pensare con calma alla situazione che l'aspettava a Firenze, da dove ormai mancava da un pezzo. Fortunatamente suo padre si era rimesso in sesto dopo l'infarto, e i medici le avevano assicurato che ormai era fuori pericolo, purché seguisse uno stile di vita adeguato. Dopo la separazione dei suoi genitori, avvenuta tanti anni prima, come figlia unica Mia si era sempre sentita responsabile verso il padre, tenendo verso di lui un atteggiamento che era insieme protettivo e filiale, e solo in seguito alle sue insistenze si era decisa a tornarsene alla sua vita in Italia, salutandolo con mille raccomandazioni. Di certo il pensiero di rivedere Francesco non l'entusiasmava. Le ultime telefonate che si erano scambiati erano state fredde, quasi di circostanza, o fin troppo concitate. E di certo non avevano facilitato la situazione le parole di

Claudia, quando le aveva riferito di aver trovato Poldo sciolto nel parco e di averlo riportato a una ragazza che si era presentata come la fidanzata di Francesco. Nell'incertezza che la pervadeva c'era un unico punto fermo: Poldo, il suo cucciolone che le era mancato da morire e che non vedeva l'ora di riabbracciare. Chissà se l'avrebbe riconosciuta rivedendola, chissà se avrebbe percepito il suo odore e soprattutto il bene smisurato che lei nutriva per lui, la pena e la gioia che l'avevano pervasa quando aveva saputo contemporaneamente del suo abbandono al parco e del suo ritrovamento da parte di Sonia. A suo padre aveva raccontato la situazione difficile che stava vivendo con Francesco, ma non se l'era sentita di rivelargli che ormai le speranze di poter rimettere insieme i cocci del loro amore erano nulle, e che l'unico motivo del suo ritorno a casa era Poldo. Non gli aveva nemmeno rivelato la sua decisione di non tornare a vivere nell'appartamento di Francesco, né che sarebbe andata ad abitare da Claudia insieme a Poldo in attesa di trovare una sistemazione definitiva per conto proprio. Una mattina, mentre era in ospedale ad assistere il padre e il ricordo dell'amato Poldo era diventato insostenibile, aveva accarezzato l'idea di non tornare affatto in Italia e di far arrivare il suo cane in aereo, magari accompagnato da Claudia. Ma la prospettiva di far affrontare al suo cucciolo un volo transoceanico l'aveva fatta desistere: non poteva tollerare nemmeno l'immagine di Poldo chiuso in una gabbia nella stiva dell'aereo, solo, senz'altra compagnia se non quella delle valige degli altri passeggeri. Lo amava troppo per fargli questo, e se rivederlo significava affrontare anche Francesco e le fallimentari previsioni sulla loro vita a due, l'avrebbe fatto. Senza nessuna incertezza.

Una volta atterrata a Pisa Mia mandò un SMS a Claudia. "Arrivo a casa fra un'ora e mezzo circa. Non dire niente a Francesco se lo vedi." E prese il treno che l'avrebbe riportata finalmente da Poldo. A Firenze, dove giunse nel bel mezzo di un pomeriggio assolato e caldo, si fece lasciare dal taxi direttamente sotto casa di Francesco, evitando di proposito di fermarsi al bar dove di solito faceva colazione e al negozio di Spartaco, due luoghi che ormai erano diventati una piacevole abitudine della sua vita fiorentina. Il suo pensiero principale in quel momento era Poldo.

"Per fortuna" pensò "Francesco è ancora al lavoro" per cui, ancora per qualche ora, avrebbe evitato l'imbarazzo di comunicargli la sua decisione, e una volta appurato che nell'appartamento dell'uomo non c'era nemmeno la fidata Graziella si fermò da Claudia a prendere le chiavi che le aveva lasciato e andò a riprendersi il suo cane.

Dalla terrazza dov'era confinato nonostante il gran caldo di quel pomeriggio d'estate, Poldo aveva già scorto qualcosa di familiare in quella figura femminile scesa dall'auto. E quando vide aprirsi la porta d'ingresso e Mia entrare velocemente in casa, la sua reazione fu di gioia assoluta. Spalmò il muso sul vetro della porta finestra quasi ci volesse passare attraverso, dimenando senza ritegno tutto il corpo e la coda e uggiolando per la contentezza, mentre la donna correva attraverso il corridoio per poterlo finalmente riabbracciare. Come in una scena d'amore di un vecchio film in bianco e nero con il lieto fine.

«Amore, cucciolo mio, ma che ci fai chiuso fuori con questo caldo! E con la ciotola dell'acqua vuota poi! Quell'uomo è davvero impossibile, rischi di prendere un colpo di sole! Quanto mi sei mancato piccolino.»

Dopo aver aperto la vetrata che li divideva Mia strinse a sé Poldo, che in preda all'entusiasmo l'annusava, la mordicchiava sulle mani, le leccava il viso e si buttava per terra con le zampe all'aria per godersi quelle carezze sulla pancia che la sua padrona non gli aveva mai lesinato.

«Te l'avevo promesso che sarei tornata da te!» gli disse lei con voce rotta dall'emozione, mentre le lacrime cominciavano a rigarle le guance ripensando alla brutta avventura patita dalla bestiola. Per fortuna era tutto passato, e adesso lei sarebbe rimasta per occuparsi di lui, per sempre. Per prima cosa lo portò in bagno a bere direttamente dal bidet, abitudine che Francesco aveva sempre deprecato ma che, Mia lo sapeva, rendeva felice Poldo. Poi recuperò il guinzaglio, la sua ciotola e l'amata pallina rossa e insieme uscirono dall'appartamento, diretti al piano di sotto da Claudia.

«Eccovi finalmente! Hai recuperato la piccola peste!»

Le parole di Claudia furono punteggiate dalle feste di Thelma, la sua pit bull bianca che dimostrò con vigorose scodinzolate la sua gioia nel rivedere l'amico Poldo. Mentre i cani si annusavano felici e socializzavano nel loro modo, Claudia mostrò a Mia la sua stanza e la aiutò a disfare il bagaglio.

«Hai sentito Francesco oggi?» le chiese Claudia, dopo essersi informata sulle condizioni di salute del padre di Mia e sullo svolgimento del viaggio.

«No, l'ultimo messaggio che ci siamo scambiati risale a tre giorni fa, quando gli ho chiesto come stava Poldo e come al solito è stato molto evasivo. Sta bene, mi ha scritto. Meno male che nel frattempo c'eri tu a tenermi informata sulle sue condizioni.»

«Figurati, era il minimo che potessi fare in una situazione come questa!»

«Certo non mi aspettavo che lo tenesse chiuso sul terrazzino anche in una giornata così calda.»

«Sono salita diverse volte nel pomeriggio a vedere come stava, assicurandomi prima che non ci fosse nessuno in casa, e sapessi quante feste mi ha fatto Poldo! Per fortuna stava bene, ma quell'uomo è davvero impossibile, gli ho detto tante volte di non tenere Poldo in terrazzo col caldo, ma ogni volta che tornavo nel suo appartamento il cane era lì, confinato in pochi metri quadrati. Deve essere anche uscito poco in questo periodo, e pensa che Francesco non ha voluto nemmeno che lo portassi fuori con me e Thelma per la passeggiata. Ci penso io, mi ha detto...»

«Sì, infatti, ci ha pensato bene e ha deciso di tenerlo chiuso in terrazza per tutto il tempo. Quando non ha pensato di lasciarlo a quella sua amica che se l'è perso al parco...»

«Quella che mi si è presentata come la sua ragazza. Ma come si può?»

«Guarda, a questo punto non m'importa molto, tanto fra me e Francesco ormai è rimasto poco più di niente. L'unica cosa che ci legava era Poldo, e adesso lui è con me» disse a Claudia, senza prendersela troppo per le parole di Elisabetta, che di fatto l'avevano scalzata da quello che in fin dei conti era ancora il suo ruolo.

«E Francesco come ha reagito al fatto che adesso ti sei stabilita da me?» le chiese l'amica.

«Ancora non gliel'ho detto, ma lo farò stasera. Tornando a casa non troverà Poldo, si chiederà cos'è successo e mi chiamerà.»

«Sempre che se ne accorga...» concluse Claudia. Poco dopo le due donne uscirono di casa per alcune commissioni, chiaramente accompagnate dai loro adorati cani che le precedevano legati al guinzaglio. Mia era un po' frastornata dal jetlag, ma non si sarebbe persa una passeggiata con Poldo per niente al mondo. Quello era il modo migliore per dare al cane una prova tangibile del suo ritorno.

In quel preciso momento Francesco era in ufficio, alle prese con uno di quei mal di testa molto forti che ultimamente lo perseguitavano sempre più spesso. Inizialmente aveva attribuito la colpa al computer, visto che negli ultimi tempi aveva passato ore e ore in chat, ma poi si era accorto che anche sospendendo la sua attività allo schermo i mal di testa non erano diminuiti, e anzi sembravano essersi accentuati, accompagnati anche da annebbiamenti della vista e giramenti di testa. Sulle prime non ci aveva dato troppo peso, ma ben presto cominciò a preoccuparsi seriamente, soprattutto perché il suo stato di salute incerto interferiva con il suo abituale ménage. La palestra oramai era un ricordo, le ultime volte che c'era andato aveva dovuto interrompere gli allenamenti per l'emicrania che lo colpiva regolarmente, e anche il nuoto in piscina era diventato impraticabile. Una volta immerso nell'acqua perdeva completamente il senso dell'orientamento e non riusciva a nuotare dritto nella corsia cozzando continuamente con i galleggianti a pelo d'acqua. In più di un'occasione aveva anche dovuto lasciare sul più bello una cena con gli amici o l'aperitivo al bar. Quel pomeriggio il martellamento alla testa era diventato quasi insopportabile, e Francesco uscì prima dall'ufficio, con l'idea di andare diretto a casa a riposare un po' prima della sera, quando aveva in programma una cena con Luca, Mario e altri amici.

«Vado a casa, sono stanco e mi voglio sdraiare un po'» disse al padre prima di uscire.

«Non hai un bell'aspetto in effetti. Perché non fissi una visita da un medico?» gli disse il signor Giulio, che si stava preoccupando dello stato di salute del figlio, che nelle ultime settimane aveva sorpreso spesso con la testa fra le mani, a occhi chiusi, seduto alla scrivania.

«Sì lo so, dovrei farlo, ma in fondo è solo un mal di testa. Comunque chiamerò il dottore per stare più tranquillo. Ho preso un paio di analgesici e mi dovrebbero fare effetto a momenti» gli disse mentre usciva dall'ufficio. In effetti nel giro di una mezz'ora le pillole l'avevano aiutato ad attenuare le fitte alla testa, che non erano scomparse ma risultavano se non altro più tollerabili, e Francesco un po' sollevato decise di fermarsi al negozio di Spartaco prima di rientrare in casa.

«O Francesco, icché hai fatto, ti sei svegliato ora?» gli disse l'amico appena lo vide varcare la soglia del negozio, mentre finiva di asciugare un pastore tedesco che aveva appena lavato.

«Sì, magari! È tutto il giorno che sono in ufficio, sto rientrando a casa adesso.»

«Tu hai una faccia che mi sembri uno straccio. Oh, ma se tu sei malato curati eh! Ma che la mangi la frutta?»

«La frutta? E cosa c'entra?»

«C'entra c'entra, sai come si dice no, una mela al giorno...»

«Ma levati di torno vai! Ho mal di testa da stamani, ma adesso sto meglio.»

«Meglio così, comunque mangiala la frutta, e vedrai. Senti, ma quando me lo porti Poldo? Mi sa che è di nuovo il momento di lavarlo, sai che Mia me lo porta almeno una volta al mese. A proposito, ma quando torna da New York?»

«È ancora lì per ora, sta assistendo il padre che non si sente troppo bene. Poldo invece è a casa.»

«Ma che sei sicuro?»

«Certo perché?»

«Perché stanno per entrare tutti e due proprio adesso» disse Spartaco, alzando gli occhi dal cane che stava asciugando e facendo un cenno verso la porta. Accompagnata da Claudia con Thelma e preceduta da Poldo, Mia stava entrando in quel momento in negozio per prenotare la toilette per il cane. Appena vide che all'interno c'era Francesco si fermò sulla soglia come se volesse tornare indietro, ma visto che ormai lui si era girato verso l'ingresso, decise di proseguire.

«Ciao Spartaco, volevo fissare un appuntamento per lavare Poldo» disse all'uomo dietro il bancone. Solo dopo, girandosi verso Francesco che era rimasto in silenzio, lo salutò con un amichevole «Ciao Francesco!».

«Mah... quando sei tornata?!» le chiese lui brusco, mentre Claudia e Spartaco si scambiavano un'occhiata smarrita.

«Da pochissimo, il volo è arrivato a Pisa verso le 15. E sono andata subito a prendere Poldo per portarlo fuori.»

«Potevi anche avvertirmi che arrivavi, lo sai che non mi piacciono le sorprese.»

«È stata una partenza all'ultimo minuto, hanno dimesso mio padre da pochi giorni e lui ha insistito per farmi tornare a Firenze. E poi sapevo che qui Poldo aveva bisogno di me, così ho trovato un volo che partiva di lì a poco ed eccomi qui.»

«Guarda che ce la siamo cavata benissimo mentre tu eri via.»

«Sì, te la sei cavata bene nel cercare di abbandonarlo e nel lasciarlo alle tue amiche distratte. Mi sembrava che avessimo già affrontato questo argomento per telefono, Francesco, e lo sai come la penso. L'ho trovato disfatto dal caldo in terrazza, e ho visto che non l'hai mai spazzolato né portato a lavare. Ma adesso Poldo non ha più niente di cui preoccuparsi, la sua mamma è tornata e se ne prenderà cura.»

Tranquilla e pacata, Mia si rivolse subito dopo a Spartaco chiedendogli: «Allora posso portartelo domani?».

«Non per intromettermi, Mia, ma Francesco me l'aveva portato a lavare giusto un mesetto fa...» Spartaco decise di intervenire nella discussione prendendo le parti dell'amico.

«Appunto Spartaco, non intrometterti, e dimmi quando posso portartelo» lo zittì Mia.

«Domattina va bene, verso le dieci.»

Spartaco sgranò gli occhi rivolto a Francesco, come a dirgli "Io c'ho provato" e si rimise ad asciugare il cane di buona lena. Ma Francesco non era intenzionato a far cadere l'argomento, e affrontò di nuovo Mia.

«Come al solito l'unica cosa che ti interessa è il cane, senza curarti di tutto il resto. Non mi hai nemmeno chiesto come sto, e ti avevo detto che non mi sentivo bene. Ma mi pare chiaro che non ti importa nulla.»

«In effetti mi sembri un po' pallido. Cos'hai?»

«Niente, non ti preoccupare, tanto lo so che non ti interessa.»

Come un bambino stizzito Francesco si ritrasse di fronte al sincero interessamento di Mia. Non gl'importava di sapere se il padre della ragazza si fosse ripreso bene dopo l'infarto, non gli importava come lei si sentisse dopo aver passato oltre un mese al capezzale dell'unico genitore rimastole, e chiaramente non gli importava nemmeno di Poldo, se non nella misura in cui poteva usarlo come arma di ricatto nei confronti di lei.

«E poi scusa» continuò «ti sembra sensato arrivare a casa e prendere Poldo per portarlo fuori senza nemmeno avvertirmi? Se non mi fossi fermato qui da Spartaco ma fossi andato direttamente a casa e non l'avessi trovato cosa avrei potuto pensare? Dove l'avrei cercato?»

«Ma senti chi parla, proprio tu che hai fatto di tutto per sbarazzartene ora mi vuoi far credere che te ne saresti preoccupato? Proprio tu Francesco! Probabilmente quando te ne saresti accorto avresti brindato a champagne per esserti tolto il peso della sua custodia. Non ho parole guarda... Comunque ti avrei avvertito io di aver preso Poldo, l'avrei fatto tra poco.»

I toni della conversazione si stavano accendendo, e mentre Claudia continuava a stare zitta in un angolo senza prendere parte alla disputa, ancora una volta Spartaco cercò di intervenire come paciere.

«Dài ragazzi, calmatevi. In fondo Poldo è qui e sta bene, dov'è il problema?»

«Il problema è il tuo amico Francesco, che crede che io sia una stupida! Ma se pensa di continuare a prendermi in giro si sbaglia di grosso» gli disse Mia, subito incalzata da Francesco: «No, il problema siete tu e quel cane, da quando è entrato in casa per me sono cominciati i casini».

«Allora non preoccuparti, che da oggi i casini sono finiti.»

«Speriamo, a meno che tu non decida di ripartire un'altra volta.»

«No, per adesso rimango. Ma non a casa tua, stai tranquillo. Mi trasferisco da Claudia con Poldo. Ti riporto le chiavi di casa stasera. Pensa, per te sono finite le preoccupazioni, puoi tornare alla tua vecchia vita senza me e lui tra i piedi a chiederti un po' d'attenzione. Sei di nuovo libero, e allora goditela questa tua libertà!» Detto questo Mia salutò frettolosamente Spartaco e insieme a Poldo uscì dal negozio, seguita dall'amica che per tutto il tempo era rimasta ad ascoltare senza dire una parola. Anche Francesco era rimasto in silenzio, apparentemente indifferente a quelle frasi che segnavano la fine del suo rapporto con Mia.

Fu Spartaco a interrompere il silenzio: «Ah le donne! Certo che anche te Francesco te la sei scelta con un bel caratterino eh! A te ti ci voleva una come Ilaria, ha ragione la tu' mamma. A proposito di donne, guarda chi sta arrivando, questa mi fa scattare l'ormone, l'è una modella».

«Buongiorno Spartaco, le ho portato Micio per la solita toilette.» La proprietaria di Micio in effetti era una stangona mora con un gran seno, la classica bellezza mediterranea che appoggiò il trasportino sul banco di Spartaco, liberando un bel gattone tigrato. «L'ultima volta aveva il pelo un po' ispido Spartaco, forse non aveva usato lo shampoo adatto.»

«Potessi sentire il suo di pelo, son sicuro la rimarrebbe soddisfatta signorina. Sia lei che Micio, stia tranquilla.»

La donna arrossì ma conoscendo Spartaco non si meravigliò più del dovuto, e uscì ridendo dal negozio.

Anche Francesco si avviò verso la porta: «Allora ci vediamo a cena? Abbiamo fissato per le nove. Vado a casa, voglio dormire un po' che son stanco. Ci sentiamo dopo, Spartaco».

Uscito dal negozio vide Mia e Claudia in lontananza, con i cani al guinzaglio, che si dirigevano al parco, e si incamminò nella direzione opposta, verso casa.

La storia con Mia era arrivata al capolinea, e fra tutti i luoghi e i modi in cui poteva finire, il destino aveva scelto il negozio per animali di Spartaco e una discussione su Poldo, come per riassumere con evidenza i termini della questione. Un uomo, una donna e un cane, la loro storia ruotava intorno a questi tre elementi e proprio a causa di uno di questi tre fattori, che rispondeva al nome di Poldo, sembrava essersi arenata. Ancora una volta Francesco non si rendeva conto che in fondo l'arrivo del cane aveva semplicemente messo in evidenza certi lati del suo carattere che lo rendevano incapace di gestire una relazione, con un animale come con un essere umano. Se non riusciva ad appagare i semplici bisogni di un quadrupede disposto a ricambiarlo comunque con un affetto incondizionato, come avrebbe potuto soddisfare quelli più complessi di una persona che aveva scelto di stare al suo fianco alla pari, in un rapporto fatto di azioni e parole legate a un meccanismo di causa effetto? Aveva fallito, buttando tutto all'aria a causa del suo egoismo infantile e della sua incapacità di ascoltare gli altri. Era finito il tempo dei risvegli tra le braccia di Mia, delle telefonate durante la giornata fatte solo per la voglia di sentirsi, delle serate passate insieme a chiacchierare e fare l'amore o solo a guardare un film in televisione. Non ci sarebbero stati più peli marroni sparsi per tutta la casa e pavimenti chiazzati di urina, scodinzolate vigorose e guinzagli da infilare con mille sforzi a cuccioli eccitati per l'imminente uscita. Niente di tutto questo, ma solo tutto quel che restava, tanto o poco che fosse.

«Finalmente solo!» disse a voce alta una volta rientrato dentro casa, ma il suono della sua voce che riecheggiò forte tra le pareti gli fece uno strano effetto. "Solo come un cane" pensò, mentre all'improvviso il dolore alla testa ricominciò, più forte e intenso di prima, da levargli il fiato. Per la prima volta ebbe paura, una paura che era più fisica che mentale, mentre sentiva che le forze lo stavano abbandonando. Non era la paura che proviamo di fronte a un dolore annunciato da qualche avvisaglia ma che ancora non si è palesato in tutta la sua evidenza, ma la paura totale e densa che ci pervade mentre il male ci squassa. Fece appena in tempo a estrarre di tasca il cellulare e comporre il numero di Mia, prima di cadere a terra, sulle ginocchia prima e poi sdraiato, contorcendosi rapidamente come se il suo corpo fosse pervaso da mille scariche elettriche. Gli occhi gli rotearono all'indietro mentre la bocca spalancata gli si riempiva di bava e dalla gola gli saliva un rantolo che sembrava un lamento prolungato, che Mia percepì chiaramente dal suo cellulare, incerta sul suo significato ma sicura che di un'emergenza si trattasse. E insieme a Claudia si precipitò al piano di sopra nell'appartamento di Francesco.

Sintomi e diagnosi

La luce del neon sopra al letto numero 16 del reparto di neurochirurgia dell'ospedale accompagnò il risveglio mattutino di Francesco, assieme alle voci dei suoi genitori che sussurravano il suo nome.

«Francesco, Francesco, amore siamo il babbo e la mamma. Amore, mi senti?» incalzava la signora Franca.

«Oh mamma, babbo! Ma cosa mi è successo?»

«Amore, ieri sera ti sei sentito male e fortunatamente hai fatto in tempo a chiamare Mia e Claudia che ti sono venute a soccorrere. Stanotte, appena sei arrivato in ospedale ti hanno fatto TAC e risonanza magnetica alla testa. Claudia è sicura che tu abbia perso conoscenza per la testata che hai sbattuto all'angolo del tavolo quando sei caduto.»

«Mamma mia, sono davvero rincoglionito, è proprio vero che dopo i quarant'anni non siamo più ragazzini.» In quel momento irruppe nella stanza Claudia, vestita di tutto punto nell'uniforme da caposala e invitò a uscire i genitori di Francesco, dicendo che da lì a poco sarebbe passato il primario con l'équipe di medici a visitare i degenti.

Claudia chiuse per ultima la porta della camera e uscendo si girò verso Francesco: «Tranquillo Frà, hai la testa dura» poi prese sotto braccio entrambi i genitori e li accompagnò a colloquio dal professor Mondanelli, primario del reparto. Dopo aver percorso un lungo corridoio fece sedere i coniugi in una stanza: «Accomodatevi e cercate di stare tranquilli, adesso arriva il professore e vi spiega tutto lui».

«Buongiorno signori» esclamò un uomo in camice bianco, entrato proprio nell'istante successivo.

«Buongiorno professore» risposero loro.

«Allora veniamo a noi, siamo qui per parlare di vostro figlio, mi riferiva Claudia che era un po' di tempo che accusava dolori alla testa e sbandamenti. Voi ne eravate al corrente?»

«Sì professore, ma vede, mio figlio assomiglia a me. Quando non ci si sente bene, siccome s'ha tanta paura delle malat tie, non si va dai dottori. Invece per il mi' marito il dottore è come il prete, gli è sempre a confessarsi.»

«Signora mia, la capisco bene, ma in questo caso avrebbe potuto fare ben poco chiunque.»

«In che senso professore, si spieghi meglio, io non mi sto sentendo bene...» la madre di Francesco si mise subito in allarme per le parole del medico.

«Allora si distenda un attimo sul lettino e mi dia le mani, si rilassi con dei bei respiri profondi, perché noi tutti adesso dobbiamo essere di aiuto a Francesco, non dobbiamo angosciarlo. Dovrà affrontare un periodo di lunghe terapie e avrà bisogno di tanto amore intorno a lui e di tanta energia positiva. Adesso mi spiego meglio.»

Con tutto il tempo e la calma che certi casi richiedono il professore informò i genitori che loro figlio aveva un astrocitoma, un tumore che colpisce le cellule di sostegno ai neuroni. Quelle parole per la signora Franca risuonarono come una sentenza definitiva e di colpo scoppiò in lacrime, mentre il signor Giulio restò immobile, quasi paralizzato, e con un filo di voce chiese al professore se quel tipo di tumore era operabile o curabile, se c'erano delle speranze per la guarigione del loro unico figlio. La testa del suo interlocutore oscillò lentamente da destra verso sinistra e da sinistra verso destra, invisibile alla signora Franca, ancora sdraiata sul lettino, che sentì soltanto rassicuranti parole di speranza e di ottimismo. Erano passate ormai quasi due ore e il professore consigliò ai coniugi di tornare in camera del figlio. Li fece accompagnare da Claudia, che ebbe tutto il tempo di indottrinarli su quello che sarebbe stato il giusto atteggiamento da tenere in presenza di Francesco. Il figlio doveva sapere di avere una tremenda emicrania a grappoli e niente di più. Dopo lo sconforto iniziale la signora Franca era meno angosciata, rassicurata dalle parole del medico sulla possibile guarigione, mentre la stessa Claudia, Mia e il signor Giulio, erano perfettamente al corrente del destino di Francesco.

«Allora mammina, ti vedo bene! Non mi racconti niente del vicinato?» Quando rientrarono nella stanza, Francesco non sembrava preoccupato.

«Stai zitto, proprio ieri il postino ha sbagliato a mettere la posta nella cassetta... indovina quello scemo di Paolo cosa ha combinato, sicuramente ha comprato qualcosa di pornografico, perché era un avviso di pagamento di materiale per adulti, ho fatto una faccia... mi prendeva fuoco dalla vergogna!»

«Oh mamma, e son ragazzi... o lasciali vivere! E te babbo, mi sembri un po' stanco. Andate via, tanto se tutto va bene domani torno a casa. A proposito Claudia, allora come sono andati gli esami?»

«Fra poco passerà il professore con tutta l'équipe, saranno loro a dirti quello che devi fare, io non sono mica un medico tesoro. Comunque stai tranquillo, mi è sembrato di capire che avrai sicuramente bisogno di cure per sospetta emicrania a grappoli. Ma io non ti ho detto nulla, mi raccomando!»

Claudia uscì dalla stanza e non riuscì a trattenere le lacrime, pensando a Mia, alla giovane età di Francesco e ai suoi genitori, soprattutto al padre che stava recitando un copione veramente difficile, a uso e consumo di quell'unico figlio per il quale viveva e al quale la vita stava facendo uno scherzo fatale.

«Allora figliolo, io e la mamma aspettiamo la visita dei dottori poi ci fai sapere se vuoi che uno di noi due ti faccia la notte.»

«Dài, non sono mica in fin di vita! Ti sembra che stia male al punto di farvi rimanere qui stanotte? Via babbo, non dire cazzate!»

In quel momento si aprì la porta della camera e tutti i visitatori furono invitati a uscire nel corridoio. Era l'orario delle visite, e il professore si trattenne a lungo con Francesco dovendogli spiegare che sarebbe stato necessario intervenire subito con la terapia, sia per il dolore sia per una migliore qualità di vita. I giorni di degenza in ospedale sarebbero stati molti di più del previsto, fino all'assestamento della terapia stessa. Furono parole difficili da comprendere per Francesco, ma di fronte alla possibilità di migliorare le sue condizioni di salute non poté fare altro che prenderne atto e collaborare con i medici, da buon paziente.

«Ok! Allora Francesco procediamo così, e mi raccomando, stai sereno, leggiti dei bei libri, occupati la mente e cerca di non molestare troppo le infermiere, visto che sei un bel ragazzo non vorrei che mi distraessi il reparto» gli disse il professore, e prima di uscire dalla camera gli fece un buffetto sulla guancia. I genitori rientrarono nella stanza e si sedettero sul letto ai piedi del figlio. E dopo essersi trattenuti per quasi tutto il pomeriggio, oramai stanchi e prossimi ai saluti di rito, furono rapiti da un odore inconfondibile, il profumo di Mia, che ne precedette l'apparizione sulla porta.

«Allora come sta il nostro single incallito?» tentò di ironizzare Mia, una volta varcata la soglia.

«Dài Mia, non ho proprio voglia di discutere oggi, non mi sembra il caso, visto che mi girano alquanto!»

«Scusa tesoro se ho urtato la tua suscettibilità, ma non vorrai mica rinnegare la tua natura adesso che sei in ospedale? Comunque io sono venuta per farti una visita e non certo per discutere, credo di avere già dato abbastanza in merito. E fosse servito a qualcosa...»

Fu il padre di Francesco a intromettersi: «Bene via, noi andiamo ragazzi, guardate di andare d'accordo, tanto la vita è tutta un compromesso, pensate alla pazienza che ho dovuto avere io con la Franca, eppure sono quarantacinque anni che siamo insieme, non sono mica state tutte rose e fiori!». Detto questo il signor Giulio si avviò verso la porta, con la moglie che borbottava con aria di dissenso per l'accaduto.

«Dài avvicinati, sono tutto rotto, devo aver preso una bella botta stanotte su quel tavolino, mi sento a pezzi. E poi questo cuscino è troppo morbido, in questa stanza si muore di caldo, e il cibo è quello che è. Ma soprattutto se hai parlato con Claudia credo che tu abbia saputo che la cosa non sembra troppo breve, chissà quando mi mandano a casa!»

Mia si avvicinò al letto e strinse forte la mano di Francesco. Nonostante fosse già pienamente al corrente di tutto, aveva imparato bene la parte da tenere in sua presenza: «Dài brontolone! Ma non ti va mai bene nulla... sei proprio come tua madre! Devi armarti di pazienza e ricevere le cure che hanno ritenuto necessarie per te. Insomma vuoi tornare a casa mezzo malandato?».

«Ah, no, a questo punto, già che sono qui, io arrivo fino in fondo.»

«Bravo! Così si fa! Sai... quante persone convivono quotidianamente con i loro dolori, con le loro croci da portare sulle spalle, mica vengono a dirtelo! E molto spesso sono proprio le persone che soffrono tanto che lo fanno in silenzio, con la dignità che il loro caso richiede, senza piangersi addosso, e forse apprezzano la vita molto di più di quanto non facciano tanti che non sanno nemmeno quali sono i colori dell'arcobaleno.»

«Già, appunto, adesso che mi fai riflettere, quali sono i colori dell'arcobaleno?»

«Vuoi che te li dica davvero? Quando guardo un arcobaleno avverto una sensazione magica, come se un pittore, tutte le volte che mi appare, lo disegnasse per me e ogni volta che mi succede sento che è un evento unico datomi in dono, e osservo i colori stupendi, nitidi. Il violetto, il blu, il verde, il giallo, l'arancione e il rosso. Forse ti sembrerò patetica, come dici tu molto spesso, invece credo di essere una sognatrice, o forse vivo solo molto intensamente la realtà e raramente mi dimentico di ringraziare qualcuno o qualcosa, quando al mattino mi alzo con le mie gambe e ho la fortuna di vedere il cielo, di sorridere, di piangere, di sentire il canto degli uccellini che fanno da colonna sonora al meraviglioso film della vita.»

«Non ti ho mai ritenuta patetica, anche se spesso te lo dicevo per non appesantire i tuoi stati d'animo. Mia, il fatto è che non puoi salvare il mondo e a mio avviso tu sprechi troppe energie per gli altri. Io forse ho un modo un po' particolare di affrontare le cose, perché ritengo che la vita sia un intrigante gioco, un bluff, uno scherzo, e per questo ho sempre cercato di difendermi da tutto e da tutti, forse perché sono un debole e di fronte alle responsabilità e alle difficoltà ho sempre scelto di mostrare la parte di me che fa finta di nulla, che mi dice che tutto va bene, che non mi ha fatto mai amare intensamente qualcuno, tranne me stesso. Sai qual è il mio problema? Che le cose che davvero amo, le allontano. Come del resto ho fatto con te.»

«Certo, e ci sei riuscito alla grande con me e con Poldo, forse i due esseri viventi che ti hanno capito meglio, che ti hanno saputo perdonare anche quando le tue reazioni sono state incomprensibili, talvolta disumane e ciniche. Ho pensato tante volte che non potevo essermi innamorata di un essere così insulso, ma più tentavo di scavare dentro di te, più ottenevo il contrario e mi mettevo continuamente in discussione, pensando di essere sempre io quella sbagliata, fino a che un giorno ho deciso che non potevo continuare a distruggermi nella speranza di essere amata.»

«Allora non mi ami più... Sono un campione nel farmi il vuoto intorno quando le persone rischiano di diventare troppo importanti per me, eh? Ma sappi che nonostante ci abbia provato, questa volta sento di non esserci riuscito perché io ti amo davvero Mia e spero di potertelo dimostrare. E non pensare che stia sragionando perché ho sbattuto la testa!»

I due rimasero in silenzio stretti l'uno all'altra, finché Francesco iniziò a dare segni di stanchezza e si addormentò fra le braccia di Mia, mentre goccia a goccia, lentamente, i farmaci contenuti nella flebo penetravano nel suo corpo dando sollievo al dolore.

La mattina successiva Mia, a colloquio con il professore e l'amica Claudia, fu informata sul ciclo di radioterapia al quale si doveva sottoporre Francesco e sugli eventuali sintomi che lo avrebbero accompagnato durante il doloroso percorso. Inoltre il professore spiegò alla ragazza che aveva sottoposto il caso ad altri suoi illustri colleghi, ma la risposta, prima individuale e poi collettiva, fu per tutti la stessa, che non sarebbe stato possibile intervenire chirurgicamente a causa di una serie di elementi in loro possesso, che furono elencati chiaramente a Mia.

«Vede signora, quando ci capitano questi casi, anche noi uomini di scienza avvertiamo un grande senso di impotenza di fronte al destino. Ci sono elementi che ancora oggi ci sfuggono e che molto spesso sono inspiegabili. È dura anche per noi accettare queste sconfitte dovendo trovare comunque il coraggio di sostenere i familiari che si trovano ad accompagnare i loro cari per mano come semplici spettatori. Questo del resto è il nostro lavoro, ma le assicuro che non ci si abitua mai neanche dopo tanti anni, perché un grande medico prima di tutto deve essere una grande persona.»

«La capisco perfettamente professore e la ringrazio per il grande sostegno che sta dando a tutti noi. Non ci sono parole per dirle quanto la sua presenza e il suo prodigarsi ci stiano aiutando ad affrontare questo percorso.»

Mentre i tre avanzavano nel corridoio del reparto per raggiungere la camera numero 16 il professore salutò Mia avvolgendola in un caldo abbraccio.

Da quel momento le giornate si erano fatte sempre più lunghe e dolorose per Francesco, che nonostante tutto si era rivelato un paziente diligente, confortato dalla costante presenza in ospedale dei suoi cari genitori, dai racconti di Mia sul loro inarrestabile cagnone Poldo e dalle sporadiche visite degli amici che lo aggiornavano sulle news della combriccola, scadendo in dettagli poco edificanti quando la conversazione volgeva al mondo femminile, alle ultime conquiste. Erano passati ormai venti giorni e in una calda mattina di metà luglio Claudia chiamò Mia al lavoro dicendole di sbrigarsi ad andare in ospedale perché avrebbero dimesso Francesco. Finalmente di ritorno a casa i due scesero dall'ascensore con appresso i bagagli, aprirono il portone dell'appartamento e l'uomo si distese subito sul divano con lo sguardo verso il soffitto, sfinito come un maratoneta al termine di un'estenuante gara.

«Caspita, sono uscito da un letto adesso e mi sento stanco. Ti pare possibile che il corpo ci abbandoni così?» disse a Mia, forse più come constatazione che come domanda.

«Certo, ricordati che più stai a letto e più ci staresti. E poi non sei mica andato a farti una vacanza di tre settimane, anche le medicine e le terapie debilitano, adesso vedrai che ti rimetterai a nuovo.»

«Scusa Mia, posso vedere Poldo?»

«È in casa di Claudia con la sua amichetta Thelma, non sono andata a prenderlo subito perché pensavo che ti volessi riposare, sai com'è birbone. Hai davvero voglia di vederlo?»

«Vallo a prendere. Sì, ho veramente voglia di vederlo!»

La ragazza uscì dall'appartamento e in pochi minuti fu di ritorno con il cane.

«Eccolo il mio cagnone, tutto sommato mi sei mancato sai, brutto bastardone» gli disse Francesco.

Poldo era incontenibile, in breve tempo dette sfoggio di tutto il suo repertorio di cucciolone impazzito alla vista del padrone, e dopo essere stato bonariamente redarguito si accomodò con tutto il peso sui piedi di Francesco, quasi a cercarne il contatto, quasi a dirgli: "Bene, adesso ti ho sotto di me, e da qui non te ne andrai ancora una volta". Il quadretto familiare era disteso quella sera, e c'era una strana e nel contempo piacevole armonia.

Casa dolce casa

Una volta dimesso dall'ospedale con mille raccomandazioni, Francesco cercò di riappropriarsi da subito delle sue solite abitudini, o almeno di quello che ne restava dopo che i medici gli comunicarono il nuovo stile di vita da seguire. Le sue giornate diventarono molto più lunghe dal momento che a scandirle non c'erano lavoro, palestra, aperitivi e cene con gli amici. Per fortuna le passeggiate non erano proibite e questo gli consentiva di restare in contatto con Spartaco e gli amici della solita banda. Per non parlare del tempo che poteva dedicare ai genitori, soprattutto alla madre. Ora che mancava dall'ufficio, Francesco si sostituiva al padre per accompagnare mamma Franca a fare commissioni e giri vari. Un pomeriggio madre e figlio si trovavano al supermercato, davanti al banco frigo la signora Franca gli chiese: «Prendi una confezione di sorbetti al limone, mi ricordo che a Mia piacciono molto».

«È vero, li adora. Ma da quando in qua ti interessa che cosa piace a Mia?»

«A pelle non mi è mai sembrata adatta a te, ma a volte la prima impressione non è quella che conta. Povera figliola, mi sembra che si sia data un gran daffare negli ultimi tempi, e in fondo devo ringraziare lei e Claudia se oggi sei qui con me a fare la spesa.»

«Vada per i sorbetti allora, ma a questo punto prendiamo anche una scatola di biscotti per Poldo.»

Come d'abitudine Francesco non si perdeva il ritrovo del sabato al negozio di Spartaco, e soprattutto il resoconto delle ultime disavventure di Millefoglie.

«Ragazzi non ci crederete, ma vi giuro che è vera.» Quella mattina Millefoglie era davvero agguerrito, e Spartaco, Francesco, Luca e gli altri si misero in ascolto, chi sul bancone, chi sulle sedie del negozio.

«Stavolta dov'eri?»

«A Reggio Calabria, a una convention della ditta insieme ai miei colleghi di tutta Italia, si sarà stati almeno trecento. Oh, un pranzo di sei ore a base di specialità calabresi. Buone per carità! Ma per levarsi il piccante di bocca altro che midolla di pane! Era meglio masticare un peperoncino a crudo. E con questo v'ho detto tutto!»

«E con la colite come t'hai fatto? Il piccante gl'infiamma!»

«Eh, tu me l'hai a dire a me se ero infiammato. Non sono arrivato neanche al caffè che son dovuto andare in bagno. Ma l'era occupato.»

«E allora che hai fatto?»

«Per fortuna s'era in campagna, mi son calato i pantaloni e le mutande e mi sono accosciato sotto un albero. Fin lì tutto bene, ma il bello è venuto dopo, perché per calmare il bruciore stavo quasi per chiamare i pompieri. Poi ho visto un ruscello lì vicino e mi ci sono infilato a sedere dentro.»

«Chissà che sollievo. Ma non è passato nessuno?»

«Sì, magari. Poco più avanti c'era un pescatore che ha seguito tutta la scena. "Chi sta cumbinandu?" m'ha chiesto in calabrese stretto. E io, alla toscana gli ho risposto: "Abbia pazienza, m'hanno detto che per pigliare i pesci in questo fiume ci vole culo!".»

«Certo che con te nei paraggi bisogna esser pronti a tutto.» Francesco e gli altri stavano ancora ridendo di gusto al racconto quando sentirono un clacson suonare all'impazzata per strada, e in un attimo furono tutti fuori dal negozio.

Ferma in mezzo alla strada, una macchina guidata da un'anziana signora ostruiva il traffico. La via era quasi paralizzata mentre dalle auto incolonnate e dai capannelli di passanti si levavano parolacce e imprecazioni contro la povera donna che in preda alla confusione non riusciva nemmeno a ingranare la marcia: «Levati di mezzo, vecchiaccia! Se non sai guidare stai a casa, a una certa età ti dovrebbero levare la patente!».

Spartaco e gli altri erano sul marciapiede a godersi lo spettacolo, quando Francesco si staccò dal gruppo e rapidamente raggiunse l'automobile, fece scendere l'anziana donna e spostò la macchina accostandola al marciapiede per far sì che l'ingorgo si sbloccasse. La signora lo ringraziò abbracciandolo mentre lui la rassicurò affettuosamente. Una volta che la donna fu risalita sull'auto Spartaco si avvicinò a Francesco puntandogli il dito sul colletto della camicia: «Che progressi eh! Prima ti lasciavano i segni del rossetto, ora ti lasciano la dentiera attaccata al colletto!».

«Dài Spartaco, poverina, tremava come una foglia.»

In quel momento si avvicinò Mia, che con Poldo al guinzaglio aveva assistito in disparte alla scena. Sorpresa per quella inaspettata reazione di Francesco gli disse: «Vieni a fare una passeggiata con noi?».

I tre si diressero verso il parco, e arrivati all'area per cani Poldo fu subito sciolto nel recinto a scorrazzare insieme ai suoi simili. Fra questi c'era Neve, che il cane riconobbe immediatamente e si mise a giocare con lei.

«Guarda! Poldo ha trovato una nuova amica» gli disse Mia, mentre Francesco riconobbe in quel momento Sonia, la padrona della grande meticcia bianca che gli aveva riportato Poldo dopo che lui l'aveva abbandonato. Non senza qualche imbarazzo Francesco le si avvicinò per salutarla.

«Ciao Sonia, come stai?»

«Tutto bene e te come stai? Hai portato il cucciolone a fare un giro ai giardini?»

«Sì, l'abbiamo portato insieme. Lei è Mia, mi sa che vi conoscete.»

«Ci siamo solo sentite per telefono a dire il vero, piacere, finalmente ci conosciamo.»

Fu Mia a parlare, stringendo con calore la mano a Sonia che le sorrise di rimando, mentre la ragazza aggiunse: «Se non fosse stato per te chissà dove sarebbe adesso Poldo, non finirò mai di ringraziarti. Pensa che quando mi hai chiamato ero negli Stati Uniti e per un attimo ho pensato a uno scherzo».

«Non era uno scherzo purtroppo, si era proprio perso...» aggiunse Sonia, guardando di traverso Francesco che sembrava piuttosto seguire con grande interesse quello che accadeva nel recinto.

«Per fortuna si è tutto risolto adesso, e anche Francesco è diventato più attento al cane» disse Mia che non volle infierire su di lui. Da quando era tornato dall'ospedale loro due si stavano progressivamente riavvicinando. I tre stavano continuando a chiacchierare davanti al recinto dei cani, quando furono interrotti dalle grida di un uomo vicino a loro che richiamava in malo modo il suo pastore tedesco.

«Buck! Vieni qua testone, non me lo far ripetere due volte! È l'ora di andare, forza scemo, muoviti.»

Il cane se la stava spassando felicemente con una barboncina che nonostante la taglia ridotta lo invitava al gioco facendosi rincorrere per tutto il recinto. Quando comprese che quelle grida erano rivolte a lui, con aria sottomessa e la coda fra le gambe si avviò mesto verso il padrone, che continuava a imprecare. Appena lo ebbe a tiro quello gli affibbiò due potenti pedate nei fianchi facendolo guaire di dolore. Mia partì come un razzo verso l'uomo apostrofandolo con un «Senta un po' lei!».

«Che c'è?» le rispose con aria burbera.

«Le sembra il modo di trattare il suo cane? C'era bisogno di prenderlo a pedate?»

«Ma lei che cazzo vuole? Del mio cane faccio quello che mi pare. Pensi un po' agli affari suoi e si levi dalle palle.»

Stavolta fu Francesco a intervenire. E chissà dove trovò la forza per avvicinarsi all'uomo, raccogliere in uno sguardo tutta la rabbia possibile e scaricarla negli occhi. Per alcuni interminabili secondi i due si fissarono. Poi l'uomo abbassò la testa, borbottò qualcosa di indefinibile e si allontanò, seguito da Buck che, come fanno le anime fedeli, gli aveva già perdonato tutto.

Francesco e Mia salutarono Sonia e, con Poldo al guinzaglio, si avviarono verso casa. Lungo la strada lui era assorto nei suoi pensieri. Fu la donna a interrompere quel silenzio: «Oggi sei stato il Francesco che avrei sempre desiderato avere accanto».

«Cosa mi sta succedendo, Mia? Mi sembra che il mondo intorno a me stia cambiando, lo vedo pieno di tante cose belle e nello stesso tempo di cinismo e di indifferenza, di cattiveria. È una sensazione strana, non riesco nemmeno a spiegarla. Ma tu riesci a vivere bene così?»

«No, ma cerco di reagire alle storture e nel mio piccolo cerco di raddrizzarle. Non è il mondo che sta cambiando Francesco, sei tu che adesso lo vedi con occhi diversi.»

L'ultimo abbandono

Erano passati pochi mesi da quando Francesco era rientrato a casa convalescente e, un po' prostrato dall'andamento delle cure e annoiato dall'inattività, si rese conto di sentirsi solo.

Le costanti visite dei genitori, qualche sporadica telefonata del vecchio gruppo di amici e le pur frequenti incursioni di Mia sempre in compagnia di Poldo non servivano a sollevarlo da quel senso di isolamento e solitudine che giorno dopo giorno lo pervadeva, soprattutto perché costretto a quella convalescenza forzata e debilitante.

«Perché stasera non mi lasci Poldo? La scorsa notte ho fatto molta fatica a prendere sonno, e rigirandomi nel letto mi sono ricordato di tutti i momenti passati insieme. Ti confesso che mi manca» disse un pomeriggio a Mia.

«Non mi pare che i tuoi momenti con lui siano stati particolarmente entusiasmanti, almeno a giudicare dalle parole che usavi per chiamarlo, "bastardo", "bestiaccia" quando eri in buona» gli rispose lei con un sorriso che mitigava le sue parole. «Sei sicuro di non confondere il bisogno con la pura nostalgia nei nostri confronti?»

«Sì, sono sicuro che non è così, e mi sembra di avertelo già detto in ospedale.»

«Mi ricordo quello che mi hai detto, Francesco, è solo che

non vorrei che a questo punto fosse Poldo a sentirsi solo senza di me.»

Francesco non rispose, ma semplicemente le sorrise, e fu così, senza troppe parole, che da quella sera nell'appartamento si ricompose il vecchio nucleo familiare.

Mia tornò a casa di Claudia a riprendersi i bagagli, e rientrò definitivamente nell'appartamento di Francesco, quel luogo che per oltre nove mesi era stato teatro di sofferenze e di passioni. Nonostante la sua decisione fosse stata presa con slancio sincero, sull'onda della rinnovata intesa con Francesco, nei giorni seguenti, a tratti, Mia fu ancora raggiunta da pensieri di inquietudine e paura. Per fortuna c'erano Poldo e la sua vitalità a reclamare la sua attenzione, e con loro c'era anche Francesco, che giorno dopo giorno scopriva il piacere di giocare con Poldo. Come ogni mattino c'era da inseguirsi intorno al tavolo della cucina, c'erano le effusioni, c'erano le interminabili coccole che si scambiavano rotolandosi sul tappeto e che toglievano a entrambi il respiro tanto erano intense e prive di ogni calcolo. Alla fine di ogni performance Poldo si dirigeva verso la dispensa che custodiva i suoi biscotti preferiti e si piazzava seduto davanti al mobile mugolando con l'aria affranta di chi si sente incompreso e invisibile, anche se sicuro di avere sempre la meglio quando alzava la zampotta destra e iniziava a grattare sull'anta ormai scolorita. Per tutto ciò e anche per molto meno Francesco in passato avrebbe dato evidenti segnali di disapprovazione, sentendosi costretto a subire la presenza di quel "coso" invadente. Da un po' di tempo invece stava accadendo qualcosa di magico. Lo sguardo dell'uomo appariva disteso e probabilmente compiaciuto non tanto del vedere, quanto del guardare forse per la prima volta i movimenti del quadrupede che instancabile perlustrava la casa con spavalderia, accaparrandosi manici di scopa, palline, stracci e varie suppellettili da trasportare sulla brandina ormai stracolma di oggetti.

«Vieni qua che ti strapazzo!» gli diceva all'improvviso Francesco, e il cane gli si avvicinava con le orecchie all'indietro e la coda tra le gambe, all'inizio quasi intimorito, poi, conquistato dal sincero slancio d'affetto di Francesco, si rotolava con lui a terra nel caos più totale.

Un giorno, nel bel mezzo della lotta, Francesco fu costretto a sdraiarsi sul divano in preda a forti giramenti di testa e conati di vomito, mentre il voluminoso quadrupede, avvertendo tutto il suo malessere, iniziò a leccargli la mano destra. Mia era stata messa perfettamente al corrente dell'evoluzione della malattia e cercò immediatamente di tranquillizzare il compagno mostrandosi serena e sicura di sé, ricordandogli che i farmaci che era costretto a prendere non erano privi di fastidiosi effetti collaterali e che comunque i sintomi si sarebbero attenuati in breve tempo.

Francesco riuscì a superare la crisi, e dopo qualche settimana, non appena ebbe riacquistato un po' di forze grazie alle terapie, le passeggiate mattutine con Poldo divennero un appuntamento irrinunciabile. Di buonora, prima che la morsa della calura estiva si facesse sentire, i due si recavano in un'area per cani nelle vicinanze, dove li attendevano tanti amici bipedi e quadrupedi. Quegli incontri divennero per l'uomo convergenze dell'anima. Finita la passeggiata, con un filo di voce, richiamava Poldo che impazzava con il suo impeto in mezzo agli altri cani felici di scorrazzare, e con la lingua oscillante, ansimante e appagato, alla vista del guinzaglio capiva che era giunta l'ora del rientro a casa. E si voltava verso i suoi inarrestabili amici con occhi languidi che esprimevano tutto il disappunto nel doverli salutare così, su due piedi e quattro zampe.

Un giorno, mentre tornavano a casa dalla passeggiata, Francesco ricevette una telefonata. «Ciao mamma, sono con Poldo a passeggio, ha fatto il diavolo a quattro stamani, nell'area per cani sembrava ci fosse un raduno organizzato, c'era un casino incredibile. Oggi sto abbastanza bene. Il babbino non sente la mia mancanza al lavoro?» disse alla madre tutto d'un fiato.

«Certo amore, ma appena ti sarai rimesso in forze tornerai al posto di comando, lo sai che si sente abbandonato se non ti vede in ufficio. Comunque ti sento bene stamani, mi ha detto Mia che i dolori alla testa sono meno frequenti. Insomma le cure funzionano?»

«I dolori sono quasi scomparsi, però ho tanta nausea e credo che dovrò fare una visita da un oculista perché mi si è abbassata molto la vista. Sarà l'età!»

«Eh amore, lo sai che io dopo i quarant'anni non vedevo più niente da vicino, sicuramente se assomigli a me ti dovrai rassegnare a portare gli occhiali, ma non credo che questo sia un problema tesoro! Vedrai che tutto si sistema, ci vuole pazienza nella vita!»

«Mamma sono arrivato a casa, sto per entrare in ascensore e non vorrei che mi andasse via la comunicazione, magari vengo a farvi una visita questo fine settimana, salutami il vecchio, ciao, un bacione.»

«Ciao amore cerca di riposare, ciao ciao!»

Entrato nell'ingresso del palazzo Francesco incontrò Claudia, che stava uscendo per raggiungere l'ospedale per il turno, e le si fece incontro con un largo sorriso.

«Lavoro, sempre lavoro! Ma non trovi mai una sera libera per venire a cena da noi?»

«Be', se sei tu a cucinare scordatelo! Se invece ci pensa Mia allora accetto, dovrei essere libera venerdì se per voi va bene. Buona serata, scappo che sono in ritardo.»

«Allora andata per venerdì, per noi è perfetto! Ciao!»

Ancora una volta Claudia fu colpita dal tono gioviale di Francesco. Sembrava un'altra persona, il prototipo del vicino gentile e amichevole, quasi premuroso, che salutava per primo sulle scale e manifestava un sincero interesse verso le persone.

"E pensare che l'ho sempre giudicato un uomo insensibile e privo di poesia, incapace di commuoversi senza un motivo particolare, un ricordo o un pensiero, ma solo davanti a un piatto di cipolle affettate. Non si finisce mai di scoprire le persone" rimuginava tra sé e sé in macchina, sicura che il mutamento di Francesco non fosse dettato dalla certezza della fatalità della malattia, visto che l'uomo la ignorava, quanto da un ravvedimento sincero che i problemi di salute avevano soltanto accelerato. Un cambiamento che riguardava soprattutto il suo rapporto con Poldo. Francesco non si separava più dal suo cane e lo scopriva a poco a poco attraverso il susseguirsi delle giornate. L'uomo rispolverò tanti begli aggettivi che non avevano mai fatto parte del suo vocabolario e che sicuramente gli umani non erano stati all'altezza di meritare. Si trovò di colpo a non vergognarsi di fronte a nessuno di quello che condivideva con Poldo, quei sentimenti che forse aveva represso perché fin da piccolo gli avevano insegnato che fatte salve le apparenze il resto non contava, e che certi atteggiamenti liberatori non sarebbero stati eticamente corretti, e che non era abbastanza ciò che tuttavia era essenziale.

Anche Mia in quei giorni si godeva il nuovo Francesco, felice ma anche consapevole della caducità di quei momenti strappati al destino. La malattia infatti faceva il suo corso, e oramai erano sempre più frequenti i momenti in cui l'uomo in preda alle nausee e a feroci mal di testa doveva interrompere il suo pur tranquillo ménage quotidiano fatto di mattinate trascorse sul divano a leggere in attesa che Mia tornasse dal lavoro, di passeggiate con Poldo al guinzaglio e di pomeriggi trascorsi in compagnia della televisione e di qualche telefonata. Doveva mettersi a letto, al buio, con l'unica compagnia dell'amato cane che in silenzio assisteva all'agonia del padrone. Poldo appariva disperato quando il medico di famiglia varcava la soglia della camera dove Francesco ormai troppo spesso era costretto a rimanere, e quando se ne andava era fuori dalla porta pronto a riappropriarsi del suo posto, sul letto, con la testa adagiata sull'addome del suo padrone come a scaldargli il cuore.

In una calda sera di fine estate Francesco fu attraversato da un brivido freddo e iniziò a tremare. Chiamò Mia che si precipitò da lui lasciandosi cadere di mano la ciotola di Poldo con il contenuto della cena.

«Arrivo amore, ho combinato un disastro, ho sbattuto per terra la pappa di Poldo, ci sono crocchette ovunque... tanto per quel che mangia in questo periodo... Se continua così lo porto dal veterinario, perché sembra che non provi più interesse per niente e nessuno tranne che per te. Eccomi, dimmi amore...»

L'uomo aveva il volto stanco, impaurito, e pronunciò le parole che lei stessa aveva sempre temuto di dover sentire un giorno.

«Amore, lo so perché mi guardi. È stato bello lottare pensando di poter cambiare le cose, è stato importante credere di farcela e vivere intensamente tutti gli attimi della vita, osservare i colori di un arcobaleno e dei tanti tramonti che vedo tutte le sere da questa finestra aperta su ciò che rimane del mio mondo. E tanto più il corpo mi abbandona quanto più tutto appare nuovo, inesplorato come il calore e la tenacia di Poldo, che in tanti momenti sembra volermi dire di non lasciarlo, di non andarmene. Che cose assurde accadono nella vita, se penso che un tempo era lui che aveva bisogno di me, adesso sono io che sopravvivo al mio dolore per vederlo scodinzolare felice quando mi porta tutti gli oggetti che trova sul letto e vuole che glieli butti verso la porta senza oltrepassarla, per paura che possa chiudersi all'improvviso e trovarsi dall'altra parte. Mi sento un uomo fortunato sai, perché so di avere una bella famiglia. Tu e Poldo siete tutto per me. Perdonatemi, se potete. E poi, vi prego, niente lacrime. Non piangetemi, perché io non vi lascerò mai soli.»

Francesco aveva capito tutto e Mia si precipitò in cucina, nel tentativo di interrompere quella conversazione che le trafiggeva l'anima. Nel frattempo Poldo si era messo sul letto del padrone a giocare con la sua pallina rossa che emetteva suoni sgraziati tutte le volte che la schiacciava sotto i denti. Ma per Francesco quel frastuono era musica.

«Bello il mio Poldino, quante parole leggo nei tuoi occhi, lo sai che quando ti osservo capisco il tuo linguaggio e mi sento l'unico eletto spettatore del più bel film muto?» Mentre accarezzava il suo cane con mano tremante, fu assorbito da quei pensieri che ci pervadono quando ci soffermiamo a riflettere sulle nostre crudeltà, sulle miserie dell'uomo di fronte agli animali, alla loro capacità di amare e di perdonare incondizionatamente, nonostante siano costretti a subire i nostri maledetti inganni, le nostre guerre di potere, per poi essere brutalmente ridotti in pelliccia, scuoiati vivi per colmare la nostra puerile vanità e ignoranza. La vera bestia è l'uomo, creato ad arte come la più devastante macchina da guerra che sembra avere da secoli un'unica missione, distruggere tutto ciò che contiene in sé l'amore.

Il tempo scorreva inesorabile, e l'estate aveva lasciato il posto alle prime avvisaglie del grigiore e dell'incertezza che accompagnano l'autunno. Le persiane della camera di Francesco adesso restavano sempre aperte, perché ormai non c'era pericolo che la fievole luce di fine ottobre potesse dar fastidio alla vista sempre più debole dell'uomo. Francesco passava le sue giornate a letto, e l'unico contatto costante che aveva era quello con i suoi genitori e con Mia. Per stargli vicino lei si era presa un'aspettativa dal lavoro che Luca le aveva concesso senza indugio conoscendo perfettamente lo stato di salute dell'amico, che ormai era agonizzante e riusciva a sopportare il dolore soltanto grazie alle iniezioni di morfina che il medico di famiglia gli praticava quotidianamente. Il suo grande conforto in quei giorni era Poldo, che non si allontanava più dalla sua stanza restando tutto il tempo a vegliare sul suo padrone.

«Certo che Poldo gli vuole davvero bene, non avrei mai pensato che un cane potesse affezionarsi così a mio figlio.»

Quel pomeriggio Mia fu sorpresa dalle parole pronunciate dalla madre di Francesco, che se ne stava andando dopo la visita quotidiana.

«Ormai sono inseparabili, non vuole lasciarlo solo per un attimo, pensi che ho difficoltà a farlo uscire anche per fare i suoi bisogni, vuole rimanere sempre con il suo padrone» le rispose Mia, accompagnandola verso la porta. Uscita la donna Mia telefonò al padre di Francesco, per informarlo delle parole che il medico aveva pronunciato quella stessa mattina, e che lei non si era sentita di riferire alla signora Franca. Per pudore nei confronti di Francesco uscì in terrazza col cellulare.

«Ci sono novità?» Vedendo il numero di Mia il signor Giulio non le dette nemmeno il tempo di parlare chiedendo subito notizie.

«Stamani il medico mi ha detto che le funzioni vitali sono definitivamente compromesse, ormai è questione di giorni, forse di ore. L'ho chiamata solo adesso per non farmi sentire da sua moglie, che è andata via da poco.»

Alle parole della ragazza il signor Giulio dovette sedersi, mentre le lacrime gli inondavano il volto.

«Sapevo che questo momento sarebbe arrivato Mia, ma non sono per niente preparato, è impossibile per un genitore accettare la perdita di un figlio, è una cosa innaturale, è disumano...»

«Dobbiamo farci forza, purtroppo la vita a volte ci mette a dura prova, è proprio vero che siamo appesi a un filo, siamo niente di fronte al destino. L'unica consolazione è che Francesco ha la tempra del combattente, anche se è devastante vederlo ridotto in queste condizioni.»

La conversazione fu interrotta dall'arrivo di Poldo sul terrazzo, che agitandosi reclamava le attenzioni di Mia al punto che la ragazza fu costretta a interrompere la telefonata.

«Devo lasciarla signor Giulio, sentiamoci dopo, c'è qui Poldo che non mi dà pace. Visto che per una volta si è stanato dalla stanza di Francesco bisogna che lo porti fuori per i suoi bisogni.»

Mia rientrò seguita dal cane sempre più agitato, e si diresse verso la porta dopo aver preso il guinzaglio.

«Dài, andiamo!» disse al cane con la mano già sulla maniglia del portone d'ingresso. Ma invece di dirigersi verso di lei Poldo si voltò verso il corridoio sul quale si affacciava la camera di Francesco, ululando disperato e invitandola a seguirlo. La donna realizzò all'istante e si diresse velocemente nella stanza, preceduta dall'animale, che in un balzo saltò sul letto iniziando a leccargli il volto con un lamento prolungato, forse nel tentativo di rianimarlo. Ma l'uomo ormai non era più in grado di reagire a quelle premure affettuose.

Mia si sedette sul bordo del letto prendendogli la mano ormai fredda e inerte, mentre con l'altra strinse a sé il cane con forza scoppiando in un pianto inconsolabile.

Senza una parola si alzò e chiuse le imposte della finestra, come per isolarsi dal mondo esterno e dai rumori della vita che continuava a scorrere fuori, mentre in quella stanza un'altra si era appena spenta.

Un altro giorno

Con Poldo al guinzaglio che come al solito la precedeva, di buonora Mia scese di corsa le scale del palazzo e si tuffò nella strada affollata di pedoni e di automobili colorate. Sembrava che tutta la città avesse approfittato di quella domenica soleggiata per riversarsi all'aperto, finalmente fuori dagli appartamenti ancora umidi dopo un intero inverno piovigginoso e freddo che fino a quella mattina non sembrava essersi rassegnato a cedere il passo alla primavera. Si incamminò lungo il marciapiede godendosi i raggi di sole che a tratti sbucavano tra le foglie degli alberi illuminandole il viso, mentre Poldo la costringeva a soste improvvise e subitanee ripartenze dettate dalle tracce odorose fiutate e perse lungo il percorso.

Oltrepassarono il negozio di Spartaco e le altre vetrine delle tante attività della zona, tutte spente per la chiusura domenicale, e si fermarono al solito bar dove Mia sorseggiò un espresso, una delle abitudini che anche a distanza di anni apprezzava di più della vita in Italia, mentre a Poldo non mancò il biscotto gentilmente offerto dalla proprietaria. L'altra fermata fu nel negozio del fioraio dove la ragazza acquistò una sola rosa, rossa. Quella mattina anche il giardino pubblico del quartiere brulicava di gente, anziani seduti sulle panchine a godersi il sole che quella giornata regalava e pure coppie di giovani sdraiati sull'erba, mentre le mamme spingevano i passeggini lungo i vialetti ornati di aiuole in fiore. Ma Mia e Poldo andarono oltre, senza che il cane insistesse per deviare verso il parco, dove insieme ai padroni scorrazzavano anche tanti altri cani, come se conoscesse alla perfezione la meta da raggiungere. Camminarono ancora parecchio, e finalmente scorsero in lontananza il grande spiazzo erboso verso il quale erano diretti, la cui superficie verde smeraldo era chiazzata da macchie grigie dai contorni regolari, tutte uguali e allineate in file geometriche. La donna e il cane percorsero il breve viale delimitato da cipressi alti e sottili che immetteva nel grande spiazzo silenzioso. Liberato dal guinzaglio, Poldo si allontanò rapidamente da Mia trotterellando tra le pietre rettangolari, e ne oltrepassò parecchie prima di fermarsi, raggiunto dopo poco dalla ragazza. Davanti a loro una lastra di granito i cui bordi non erano stati raggiunti dagli steli verdi dell'erba né ancora usurati dal passare del tempo. Sulla superficie inondata dal sole, in caratteri a rilievo, due date con un nome e un cognome e sopra una frase. Mia depose la rosa sulla pietra e disse: «Ci sono stati molti momenti difficili, a volte troppo dolorosi da sopportare, ma in fondo sapevo di non essermi sbagliata nel voler fare un pezzo di strada con te».

Accarezzò Poldo come per consolarlo, mentre il cane la guardava con espressione attenta. «Ha capito di amarci forse troppo tardi, quando ormai gli rimaneva poco da vivere» disse rivolta a Poldo, ma in fondo anche a se stessa. Ci sarebbero stati altri incontri e altri allontanamenti, risate e lacrime calde, parole e silenzi di rabbia, di gioia e di imbarazzo, città e continenti da attraversare, ma il ricordo di Francesco sarebbe rimasto indelebile, forse appena sfocato dal passare del tempo ma sempre presente. Poldo e Mia si sedettero sulla pietra, dove il sole faceva brillare le parole della promessa fatta da Francesco prima di andarsene: "Non vi lascerò mai soli". E più tardi si incamminarono insieme nell'erba verde, facendo ritorno verso casa.

Ringraziamenti

Questa storia è dedicata a tutti coloro che amano, che possiedono il dono di apprezzare i colori della natura, che guardano la vita con il cuore e non soltanto con gli occhi, che ascoltano il suono del vento, che sanno stupirsi, che sentono l'odore del mare, che sanno guardare il cielo incantati dallo stupore del sole, della maestosa luna e dalle luminose stelle che ci guidano nei nostri meandri.

Ma soprattutto è dedicato ai miei due veri e insostituibili amici che hanno dato un senso alla mia vita riuscendo a rendere sicuramente meno cupi i miei giorni più difficili, Zeus e Crusca, i miei fedeli cagnoloni che amo profondamente e li ringrazio di esistere.

Proseguo con un grazie a Thelma, Kimba, Una, Tobia, Max, Ugo, Soco, Bianca, Billo, Ettore, Buck, Ania, Ivonne, Darko, Brando, Chira, Luna, Ciccio, Lapo, Stella, Pippo, Fuffi, May-May, Felina, Rocco, Matilde, Penelope, Irma, Fred, Silvestro, Micio, Mao e a tutti i nostri splendidi compagni di vita chiamati "animali".

Grazie a tutte le persone che hanno creduto in questo progetto.

Grazie a Dante Bigagli ed Elena Metti che mi hanno sostenuto collaborando con me alla stesura di questo libro.

Grazie ad Andrea Delmonte e alla gentilissima Eva.

Grazie al mio editore e al suo grande gruppo di lavoro.

Grazie a tutte le persone che fanno volontariato e si dedicano al bene di tutti gli esseri viventi mossi da un sentimento di vero amore e non speculano sulle tante solitudini, abbandoni, sofferenze e difficoltà.

Grazie a tutti quei medici che riescono a far sorridere i bambini e tutte le persone che soffrono, donando loro dignità e diritti.

Grazie alla squadra per gli animali.

Grazie a tutte le persone che mi amano e grazie anche a quelle che non mi amano.

Grazie a te vita, grande, maestosa, implacabile, avversa, irripetibile, tu che sei davvero l'unico viaggio che ci è offerto in dono con un impagabile biglietto di andata e un sicuro e inesorabile ritorno.

Arnoldo Mondadori Editore S.p.A.

Questo volume è stato stampato
presso Mondadori Printing S.p.A.
Stabilimento Nuova Stampa Mondadori - Cles (TN)

Stampato in Italia - Printed in Italy